Llyfrgelloedd Caerdydd
www.caerdydd.gov.uk/llyfrgelloedd
Cardiff Libraries
www.cardiff.gov.uk/libraries

Heiddwen Tomos

Gomer

Diolch i'm teulu
ac i'r rhai hynny
nad oedden nhw'n gwybod
fy mod yn gwrando.

Hoffai Heiddwen ddiolch o waelod calon i Luned Whelan,
Elinor Wyn Reynolds a Gwasg Gomer am bob cymorth a ffydd.
Diolch hefyd i Huw Meirion Edwards
am wirio'r gwaith mor raenus.

Cyhoeddwyd yn 2017 gan
Wasg Gomer, Llandysul, Ceredigion SA44 4JL
www.gomer.co.uk

ISBN 978-1-78562-204-5

Hawlfraint y testun: ⓗ cylch Heiddwen Tomos 2017 ©

Mae Heiddwen Tomos wedi datgan ei hawl dan
Ddeddf Hawlfreintiau, Dyluniadau a Phatentau 1988
i gael ei chydnabod fel awdur y llyfr hwn.

Cedwir pob hawl. Ni chaniateir atgynhyrchu unrhyw
ran o'r cyhoeddiad hwn, na'i gadw mewn cyfundrefn
adferadwy, na'i drosglwyddo mewn unrhyw ddull na
thrwy unrhyw gyfrwng electronig, electrostatig, tâp
magnetig, mecanyddol, llungopïo, recordio, nac fel
arall, heb ganiatâd ymlaen llaw gan y cyhoeddwyr.

Cyhoeddir gyda chymorth ariannol Cyngor Llyfrau Cymru.

Argraffwyd a rhwymwyd yng Nghymru gan
Wasg Gomer, Llandysul, Ceredigion.

PROLOG

Tarth. Porfa. Tir llwyd yn llwm dan rew ... Tarth y bore bach fel stêm haearn smwddio. Ymbellhaodd y ddafad oddi wrth y gweddill ... Arwydd da ... Arwydd am wledd ...

Bu'n tuchan am dros gwarter awr, doedd dim lot o siâp arni ... Disgynnodd y bledren ddŵr yn dwym ar y borfa oer. Aros ... aros ... Oen bach cynnes, cynnes yn llithro i'r llawr ... coch a melyn ei got fach gyntaf ... cot wlyb gynnes. Cnu slic yn llithro i'r llawr. Cododd cwmwl o wres i geg oer y bore bach.

Dim ond rhyw damaid o beth oedd e i gyd ... Snac bach cyn te deg, dyna i gyd ... Y gamp oedd ei fwyta cyn i'r ddafad godi ... Dim ond y dafod ... Welai neb eisiau'r dafod ...

Pan fyddai ambell un yn geni, weithiau gallai fentro'n fras a dwgyd y dafod cyn i'r fam fedru gwneud dim ond bygwth gyda'i bref. Benthyg! Dyna i gyd, dim ond benthyg ac anghofio mynd â hi 'nôl ... Bywyd pwy oedd fwyaf gwerthfawr?

Ond y broblem gyda'r stynt fach hon oedd fod pawb wrthi erbyn hyn. Pob diawl mewn cot ddu. Pigo bwyta ... Na! Peidiwch chwerthin! Creulon fyddai hynny.

'Cra ... Cra ... cra ...'

Be? Beth? O wir, peidiwch â bod mor sofft. Natur yw e. Mae fe yndon ni i gyd! Pan mae'ch bola chi'n wag, wnewch chi unrhyw beth ... Gwneud pethe cas er mwyn byw! Rhwyddach ei dwgyd nawr na nes mla'n, chi'n gweld. Rhwyddach i bawb.

*

'Drychwch lan fan hyn! Pwy ddiawl, clywaf chi'n holi. Lan fan hyn! Fi, Frân, fan hyn ... 'Chwarae,' mynte chi? ... Sŵn llefain glywais i ... Sŵn llefain a thractor ymhell bell i ffwrdd. Roedd y clos yn wag. Dim ond ambell dderyn y to a nhw'r gwenoliaid ddiawl sy'n domi dros y lle. Doedd e ddim i fod mas, chi'n gweld. Ond dyw plant ddim yn gwrando. Plant y'n nhw! Falle mai bai'r tad oedd y cwbwl. Fe anghofiodd gau'r gât tu bla'n tŷ.

Roedd *hi* wrthi'n cwca. Doedd dim disgwyl iddi fod ym mhob man! Hen ddiawl bach naturus yw'r hynaf o'r ddau, os gwelaf i'n iawn ... 'Sdim byd gwell na bach o genfigen i ddatblygu cymeriad ... Mae'n digwydd i ni i gyd, yn'd yw e? Mae e wedi deall yn ddigon cynnar mai peth poenus yw siario. Siario tois. Siario cacen ben-blwydd. Siario sylw ei dad a'i fam. Os mai chi oedd yno gyntaf yna chi pia fe! Rheol natur. Dyw hi ddim yn iawn disgwyl i un gael un llygad ac i rywun arall gael y llall!

Ta waeth, ma fe mas ... yr un bach. Yn crwydro rownd y sièd ym mhen pella'r clos. Chwilio am ei frawd mae e. Ond mae hwnnw'n cwato mewn gyda'r ŵyn swci ... Mae e'n pwdu. Roedd e fod mynd i dopo gyda'i dad ar y brestyn serth tu ôl tŷ.

Arni hi oedd y bai. Ei fam. Byddai'r tad wedi gadael iddo eistedd ar y bac yn ddiogel gyda photelaid o squash gwan fel pisho gwidw dan ei adain. Ond na! Doedd llusgo plentyn chwech oed dros y llethrau ddim yn ddigon saff!

Rwy'n ei weld yn crwydro nawr. Dyw hi yn y tŷ'n dal heb sylwi. Mae cyflymder yn ei goesau er mai rhai bach ydyn nhw. Fe wnes i grawcian. Fe wnes i! Cadw di mas o fan 'na nawr, was bach! Ond wnaeth e ddim 'y nghlywed i ... Mynd lan i weld y cŵn bach oedd e, rwy'n credu ... Peidiwch â phoeni ... Gyrhaeddodd e ddim.

*

Chwarae cwato ... un, da-au ... triiiii-iii, pedwa-ar ... ei dro fe oedd chwilio ... Sylwodd neb arna i lan fan hyn yn llygadu'r bin cêc ... Dyw ffarm ddim yn lle i blant bach whare. Dim mewn gwirionedd. Cymer di ofal nawr, was bach, paid ti mynd ar goll!!

Fe redodd y bêl o'i flaen e, fel ci ar dennyn, ac yntau'r un mawr yn rhegi mai ei bêl e oedd hi.

'Cer di i'w hôl hi ... neu cer 'nôl i'r tŷ'r bapa blwydd! Wedes i cer i'w hôl hi. Ti gicodd hi. Cer i'w hôl hi!! Os na ei di gei di gosfa nes bo ti'n tasgu. CER! REIT?'

Roedd cael bod mas yn profi ei fod yntau'n fowr hefyd ac nid oedd ar frys i fynd yn ôl at ei fam ... Pe gwyddai!

'Fi bia'r bêl ... fi pia hi ... dere ddi 'ma ... Os wyt ti moyn chwarae bois mowr, pas hi 'ma!'

Fe basiodd y bêl. Doedd ganddo fawr o ddewis.

'Nawr cer i gwato ... fe gownta i ... un ... dou ... tri ... pedwar ... pump ... chwech ... saith ... wyth ... naw ... deg ... barod neu beidio, dyma fi'n do-od!'

Doedd dim bwriad ganddo fynd i'w chwilio. Gêm i blant bach oedd chwarae cwato.

Rhyngot ti a dy gawl, gw'boi …

Twlodd y mab ei siwtces hi mas o'r tŷ fel pe bai'n taflu belen i dop tŷ gwair.

'Cer! Cer â dy gelwydde. Cer â dy ddillad tsiep a cer 'nôl i'r twll lle ddest ti'r hen hwren fach.' Ond allai'r wraig ddim mynd. Roedd ei llygaid yn llosgi yn y tywyllwch. Byseddodd ei gwallt. Patshyn wedi ei dynnu o'i phen fel blew llygoden fach. Crafangodd am ei dillad o'r gwlybaniaeth ar y clos, a'r dagrau'n naddu eu ffordd dros y cleisiau newydd. Un esgid. Pwy werth oedd un esgid i neb? Doedd dim ynddi arni chwaith. Ble ddiawl âi hi heno? Doedd hi ddim yn nabod neb.

'Y jipen fach fên … addo'r cymyle a dim … dim … Ddest ti 'ma heb ddim … Cer, cer di nawr, 'merch fach i, gyda chyment ddest ti 'da ti … You go now! You go home … come here and lie to me … keeping secrets from me, it's not how it works, good girl! I'm the boss here … Now sod off home!' Roedd y drws wedi ei gau a'i gloi. Sŵn cyfarth y ci defaid yn udo yn y nos, a llais dau ddyn yn taranu a mellto. Safodd y drws ynghau.

'Alli di ddim disgwyl iddi gysgu mas 'da'r ffowls, achan. Be sydd arnat ti, gwed? Ti wedi drysu i gyd. Cwla lawr. Bachan, bachan, cwla lawr,' rhesymodd y tad.

'Caewch hi!' Petrusodd cyn mentro eilwaith, 'So ti'n meddwl falle fod …'

'Caewch hi wedes i.'

'Wel, meddwl o'n i bo hi'n addo rhew heno a …'

Safodd y mab fel postyn ffenso yng nghanol y gegin gan rythu'n gas ar ei dad.

'Wel, 'na ti, rhyngot ti a dy gawl, gw'boi ...' mentrodd y tad eto. 'Dim ond gweud bod hi'n oer o'n i ...'

'Byddwch chi ddistaw, ne' fyddwch chithe mas ar ei hôl hi hefyd ...' Roedd cael y gair ola'n bwysig i'r ddau. Suddodd y tawelwch fel taran rhyngddynt. Roedd y storm yn magu natur.

Safodd y wraig yn wargam yng nghanol y clos heb ddeall yn iawn beth oedd yr un o'r ddau yn ei ddweud. Mynnai'r gwynt chwythu tyllau yn ei siwmper a blasodd y gwaed ar ei thafod cyn ei sychu â'i llawes. Doedd neb wedi cau'r llenni yn y gegin, ac fe welodd e'n aileistedd yn ei sedd ar bwys y Rayburn, ei ben lawr a'i drwyn yn chwythu fel tarw. Gwell iddi gilio rhag ofn iddo ddod ar ei hôl. Aildaniodd y taranu.

'Bachan jiawl ... pwy gydio yndi wyt ti'n neud? Bwrw menyw a honno hanner dy seis di!' Teimlodd y tad wres yn corddi ynddo a mentrodd ychwanegu. 'Ma hi dal yn wraig i ti, cofia!'

'Odi. Felly fi pia hi ... alla i neud fel fi moyn 'da hi!' poerodd y mab, a'i lygaid fel llygaid cigfran. Doedd dim angen dweud rhagor, ond roedd hi'n anodd peidio.

'Gofala di beth fydd pobol yn weud.' Arafodd y tad ei eiriau, fel pe bai cywilydd yn sicr o'i saethu. Methodd yr ergyd. Beth ddiawl oedd yr ots am beth oedd pobol yn ddweud? Roedd ei ofid am farn pobol eraill wedi hen gilio.

'Becso ffac ohona i ... gadwch iddyn nhw siarad ... a gallwch chithe fynd o dan dra'd 'fyd. Chi a'ch hen wep o hyd ... oni bai amdana i fydde ddim ffarm 'da chi gwerth siarad amdani. Dannod i fi o hyd ac o hyd.' Syllodd y tad yn hir ar ei fab. Doedd dim iws dadlau. Wrth iddo droi am y llofft, gwelodd ei fab yn hwpo ei ben eilwaith i'w iPad, a'i fys creithiog yn tynnu llinell undonog dros y sgrin. Trueni bod y fath beth wedi dod i'r tŷ.

Y tu fas, suddodd y gwlybaniaeth i hosan y wraig a chlywodd y ci yn crafu drws ei sièd, bron drysu eisiau dod mas i weld pwy oedd yn tresbasu ar ei glos.

Tywyllwch. Du bitsh a dim ond y gwynt yn gwmni. Erthylodd yr haul ei wres ers oriau. Cyfarthodd y ci'n ddi-baid am dros gwarter awr. Tan iddo glywed llais ei feistr yn bloeddio,

'Ca' dy ben, y ci jiawl!'

Tawelodd.

*

Gwelodd Morgan fys yr hen gloc larwm ar bwys ei wely yn naddu ei ffordd i hanner awr wedi un y bore. Cododd i daflu carthen arall dros draed y gwely. Roedd hi'n ddigon oer i rewi pwrs asyn. Cofiodd amdani hi, Han, y wraig newydd ar yr aelwyd. Un fach fain, dim bôn braich gwerth siarad amdano. Dim lot o gop amser gwair. Ond un fach ddigon annwyl oedd hi hefyd.

''Sdim digon o fenywod ffordd hyn i ti, 'de?'

'Watsha di mai Ting Tong ac nid Tong Ting sydd 'da ti fan 'na …' Siarad bois tafarn.

Twpsyn a dim byd arall, meddyliodd, am ei fab ei hun. Rhys, ei unig fab … Ond wedi mis neu ddau o gyd-fyw, buan y gwelodd fod Han fach yn lodes deidi ac yn ddigon parod i helpu. Bwydo'r defaid. Tynnu tato. Blingo ambell oen. Llosgi trash. Gwneud rhyw shigyn o ginio a chadw tŷ.

Doedd hwnnw'n fawr o le i gyd. Hen dŷ ffarm wedi ei adael ers blynyddoedd. Doedd dim angen gwastraffu arian ar gadw llygod tŷ yn gynnes. Tu fas oedd angen gwario. Buddsoddi ar gyfer y dyfodol.

Cododd ac aeth am dro'r stâr. Mae'n siŵr ei fod e'n cysgu bellach, glei, meddyliodd, a lawr ag e yn nhraed ei sanau a gweld y mab annwyl yn gorwedd yn llorpyn wrth ryw damaid o sbarc yn nhin grat. Aeth mas drwy ddrws y bac a chodi dwy got dwym o ochr y Rayburn a thortsh-gweld-y-cwbwl.

Roedd y cwm i gyd yn cysgu. Pobol tai bach yn y pellter diogel a dim ond sgrech cadno yn cynhyrfu'r cŵn yn y sièd. Cysgwch, y diawled, meddyliodd. Doedd dim eisiau i neb dynnu sylw at yr annibendod hwn heno. Tywynnodd y golau o un i'r llall. Parlwr godro. Tŷ cooler, sièd tŵls, sièd moto-beic … 'run man iddo roi pip yn y sièd ddefaid ynta, gan ei fod ar ei draed.

O dan y drws metal, clywodd Morgan wres y lampau uwch ben yr ŵyn swci yn cynhesu'r concrid a meddyliodd mai dyna'r lle gorau heno heblaw am fod o flaen tân. Agorodd y drws gan bwyll bach rhag gwylltu'r defaid boliog. Ymbalfalodd am y switsh golau ac aeth i gysur y llocau bach. Dyblyrs. Singls. Cashiwaltis. Suddodd arogl y gwair brwnt i'w ffroenau a diolchodd nad mas oedd yr ŵyn gwannaf heno. Tynnodd ei got yn dynnach amdano a rhegi wrth weld yr hen racsen ddafad sbecl wedi hwpo'i llawes mas eto.

'Blydi defed.' Aeth ati i ailosod y strap goch i gadw'i pherfedd yn eu lle, am damaid o amser beth bynnag. O gil ei lygad gwelodd gysgod yn symud. Trodd yn bwyllog â wyneb un yn galw cath wyllt i'r sosban sgraps.

'Jiw, I didn't see you there … bloody sheep, always something to do, even in the middle of the night.' Golchodd ei ddwylo'n gyflym a'u sychu â'r rhacsyn papur gwyrdd ar ei rolyn ar y wal. 'He's a silly boy, Rhys is. Not a nice boy, sometimes. Come now, bach, come back into the house … dere gwd-gyrl fach … everything will be alright in the morning.' Yn araf, fferlinciodd hithau ei ffordd tuag ato.

'I don't want to make him angry.'

'No, no, that's the way he is, see. Very short!'

'I try … I try very hard to make him happy.'

'Yes, yes, come now. Not your fault now. He's sleeping by the Rayburn. You are cold. Glamp o'r lodes!' Safodd Morgan yn gefngrwm a'i got fach dros ei war fel siol hen wraig. Roedd hithau'n crynu, a'i dillad ysgafn yn fawr ddim gwerth iddi yng nghanol gaeaf. Ond chafodd hi ddim amser i gasglu ei phethau. Ymestynnodd am y got arall a'i chynnig yn addfwyn iddi.

Wyddai Morgan ddim beth oedd achos y gynnen, ond roedd un peth yn sicr – doedd dim angen lot i gorddi Rhys yn ddiweddar. Un bach naturus fuodd e erioed, a'i ddyrnau'n barod fel dwylo cowboi. Sylwodd Morgan ar yr esgid heb ei chlymu a'r gwallt du, du wedi ei ffrwcso'n anniben am ei phen. Troed noeth ar fwd a gwellt a dagrau lle roedd dolur.

'Come on nawr, Han fach. We'll sort this out in the morning now.' Mudlosgodd ei llygaid coch ac edrychodd i fyw ei lygaid yntau. Doedd ganddi'r un dewis ond dilyn. Doedd ganddi mo'r arian i fynd adre na'r wyneb i gyfaddef ei bod wedi methu. Gafaelodd yn ei siwtces yn garcus a'i dillad newydd, brwnt wedi eu bwtso iddo. Cariodd e'n dawel i'r tŷ.

Pan gyrhaeddon nhw ddrws y bac, roedd e Rhys wedi codi a mynd â'i gwt yn ei din lan dros y stâr. Fe gâi Han gysgu yn y parlwr gorau heno. Byddai hynny'n well na'r sièd wair. Tynnodd Morgan garthen arall allan o ben y tanc dŵr twym a'i gosod yn ofalus dros y soffa segur yn y parlwr gorau. Cysgu'n sownd fyddai pawb a ddôi i orwedd yn y parlwr gorau! Er, synnai pe tase hithau'n cysgu gystal.

Tynnodd y drws ar ei ôl yn dawel bach cyn mynd ar flaenau ei draed yn ôl lan llofft. Aeth heibio drws ei fab a'i glywed yn troi'n drwm yn ei wely. Tywynnai'r lleuad, a'i hen drwyn busneslyd yn goleuo pob twll a chornel. Doedd obaith iddo yntau gysgu heno chwaith. Aeth i'w wely cul a gwasgu'r golau â'i fysedd crwca.

Dydd Mawrth

Fydde fe ddim wedi digwydd oni bai bod y byd i gyd ar dân yn fy mhen i … Ro'n i'n ffili cysgu … dyddie o fyw hunllef … ail-fyw fel 'se'r awyr i gyd yn gwasgu mewn am fy mhen i. O'n i'n boddi yn y gwenwyn … Ise ei dynnu fe mas o 'na …

Chwilion ni'r caeau a'r afon fach … O'n i'n ei ysgwyd e, y llall, i weud y gwir wrtha i … Gwed wrtha i, gwed wrtha i … Gwed … o gwed *… o dduw bach, pam? O'n i'n dyrnu 'mhen i … yn ei ddyrnu fe'n galed er mwyn deall a derbyn beth o'dd o mla'n i … O'n i wedi gweud gant a mil o weithe wrthyn nhw am gadw draw o fanna … o'dd e'n gwbod … o'dd y ddou yn gwbod … ond o'dd e'n rhy ifanc i ddeall …*

Fe dynnon nhw fe mas … a falle fydde fe'n fyw tase'r llall wedi gweud wrtha i ynghynt … gweud strêt awei … cyfadde … Na! … Ma raid i ti beidio meddwl fel 'na … naws gwell … ma fe wedi mynd … wedi mynd.

Ti'n deall pan nadw i'n gallu cysgu?

Fe werthon ni'r da godro dros nos bron … dim rhagor 'ma. Cewch â'ch mochyndra … allen i ddim godde meddwl amdano fe'n mogi mewn 'na a finne yn tŷ yn … cwca … mam fach … cacs … O'dd gormod o wyau 'da fi i wasto … 'Sdim fod twlu dim, nagoes e?

Fe wisgon ni fe mewn dillad glân … dillad glân 5–6 … Doedd e ddim yn 5–6 ond o'dd e'n lico bwyd ei fam.

Ffiles i fadde iddo fe, ch'wel ... y llall ... ma'n gas 'da fi weud ond o'dd gas 'da fi feddwl 'i fod e'n gwbod ac wedi ffili gweud ... Gormod o ofan o'dd arno ge, 'rhen un bach. Dda'th e ddim mewn i'r tŷ am sbel wedyn. Fydde fe'n iste ar stepen drws yn disgwyl iddo fe ddod adre – ei frawd e.

Ddylen ni ddim fod wedi ond fe wnes i. Fe gydies i ynddo fe sawl tro a'i fwrw fe. Bwrw'r diawl o'i groen e. Ond doedd e ddim yn symud. Doedd e ddim yn llefen ... o'dd e fel 'se fe'n gwbod mai arno fe oedd y bai ...

Nage, nage, nage. Doedd dim bai arno ge ... Ond alles i fyth weud hynny wrtho. Byth.

Cadno

Erbyn i Rhys godi, roedd y gwely newydd yn y parlwr wedi hen oeri. Agorodd y drws i'r parlwr gan bwyll bach i weld sut olwg oedd arni. Siomodd wrth feddwl bod ei dad wedi mentro agor y drws iddi neithiwr. Ond dyna fe, o leia câi frecwast twym. Eisteddodd yng nghanol ei phethau a sgathru drwy ei dillad fel iâr ar ben domen. Sylwodd ar lond dwrn o luniau. Clywodd sŵn traed. Rhywun yn glanhau gwadnau ei sgidiau cyn dod i'r tŷ. Cododd gan wthio ei grys gwaith i mewn i'w drowser bob dydd a gadael i'r lluniau ddisgyn rywsut rywsut yng nghanol y dillad. Safodd yn nrws y parlwr yn geiliog ar ei domen ei hun. Oedd, roedd golwg ar diawl arni.

'I see you fell. Nasty cut you've got there.' Syllodd hithau'n hir arno, fel pe bai'n methu coelio ei chlustiau. Ond dyna fe, doedd hi ddim yn disgwyl iddo gyfaddef mai fe fuodd wrthi.

'Yes,' meddai hi wedyn, 'I fell.' Camodd heibio iddi â gwên hen gadno ar ei wefusau ac eistedd a'i faglau ar led wrth y ford. Prysurodd hithau i agor drws y Rayburn lle cadwai ei frecwast yn dwym. Wrth iddi ei osod o'i flaen, gafaelodd yntau'n addfwyn yn ei llaw. Safodd hithau'n stond a'i llygaid mawr brown yn syllu'n fud ar y ford o'i blaen. Gafaelodd ynddi'n dyner fel pe bai'n barod i ymddiheuro iddi.

'You should be more careful,' meddai wedyn. 'Next time you might really hurt yourself.' Daeth cyfarthiad

Jet y ci yn rhyddhad i'w chlyw. Gwyddai fod cwmni ar y ffordd.

'Hoi, oi!' Safai'r postman gyda pharsel wrth y drws. Doedd hwn ddim yn un i aros am wahoddiad i ddod mewn. Dod i mewn wnâi ef gyntaf a wedyn mesur y croeso.

'Ie, chi'n go lew 'ma?' Dim ateb. 'Parsel.' Dim ymateb. 'Weden i bo ti wedi bod yn hala fel 'se dim fory i ga'l … sawl parsel yn dod 'ma yn ddiweddar … Diawch i ti ma hwn 'to, t'yl.' Tawelwch. 'Well na bilie coch, shw'od!' Yn swta ddigon poerodd Rhys o'r diwedd: 'Wel diolcha am 'ny 'de, neu fydde dim gwaith 'da ti.'

'Aa-a-ai! Shw'od.' Chwarddodd. Roedd yn anodd pechu Sioni Shw'od. Un o'r bobol hynny fyddai'n gwybod busnes pawb oedd e. Clustfeiniai wrth y drws yn gyntaf, cyn rhoi cnoc, 'Hoi, oi' a mewn ag e.

'Dy dad 'ma, 'de? Neu dim ond y gwas bach sydd wedi codi, ife? Wel, a'r forwyn fach, wrth gwrs. Heee? Jiw, gwed wrtha i nawr 'te. Glywest ti hanes Tom Bwlch Canol?' Crafodd ei drwyn yn gartrefol, yn falch o gael rhoi sbragen yn olwyn Rhys, er mai un fach oedd hi.

'Naddo i. Ma gwaith 'da rhai,' mwmblodd Rhys, a diferyn o'r melyn wy yn rhedeg yn dew ar hyd ei wefus isaf.

'Oes ynta,' medde Shw'od gan roi un cewc drwg dros ei sbectol ar gysgod y wraig newydd a safai wrth y stof. 'Do, ca'l ei ddala'n dwgyd o'r felin. Lle ar diawl 'na glei. CCTV yn cadw llygad arno fe. Ers miso'dd, shw'od. Yffach, ma'n nhw i ga'l, t'yl.'

'Dwgyd?'

'Ie, dwgyd, bagie bwyd 'nifeilied. 'Bach yn dwp os ti'n

gofyn i fi. So ti'n domi ar stepen drws dy hunan nawr, wyt ti?'

'Duw duw.'

'Ie, ti'n gweud 'tha i.' Safodd mewn tawelwch am rai munudau i weld a gâi grwstyn stori arall i gnoi arno … ond … na … Dim sgrapidyn. 'Wel, 'na fe. Well i fi fynd shw'od.' A chydag un chwerthiniad unig trodd am y drws a mas ag e i'w fan fenthyg. Roedd ei fan fach goch yn dal yn y garej. Rhyw hwrdd ifanc wedi bod yn raspo rownd hewlydd cefen fel 'se mai ond fe oedd arnyn nhw. Clywodd Rhys y cerrig mân yn sgathru i bob cyfeiriad a sŵn y fan bost fach yn diflannu yn y dwst. Bwytodd ei blataid yn dawel a phenderfynodd hithau ddianc mas y bac gyda bwyd i'r ffowls.

Roedd hi'n naw o'r gloch. Cododd Rhys y ffôn i gyfarth cwyn wrth fenyw fach y cownter yn y fet. 'Nag oedd!' Doedd e heb ddisgwyl cael bil mor swmpus. 'Nag oedd … pwy caesarian?'

Blydi Tecsels werth dim byd (ei dad oedd ar fai). Na, doedd e ddim yn mynd i fynd â'i fusnes i rywle arall … customer is always right, chi'n deall … i ddiawl … ond roedd rhai pobol yn achub mantais … £30 call out, £30 examination … heb sôn am gost penisilin … a do … blydi drygodd wedyn! Dead chick. Capẃt. Roedd yr holl beth yn jôc. Hen jôc fawr ddiddiwedd, a beth oedd hwn? Bil am sbaddu cathe, men yffarn i. Boddi'r blydi lot oedd eisiau. Tsiepach o lawer. Ei dad eto! Handi i gadw llygod draw. 'O'r yffarn, cerwch i'r diawl …' a lawr â'r ffôn yn ddisymwth.

Rhythodd ar ei blat gwag o'i flaen cyn ei hebrwng glatsh yn ddarnau i'r llawr teils coch.

They're trash, not trees ...

Cyn iddi wawrio, bron, roedd y mwg du yn powlio dros y cwm. 'Bach o ddisel gynnai unrhyw dân, medd yr hen ddywediad. Roedd Mariah Carey yn bloeddian drwy ffenest bac y John Deere 6810. Yffach o fashin, meddyliodd Ned y gwas. Gwell nag unrhyw fenyw, roedd hynny'n sicr. 'And you fe-el like ho-o-o-pe is gone, look in-side you and be str-o-o-ong ... 'cause a hero-o-o lies in y-o-u-u ...' Llusgodd y stoncs coed a'u taflu i ben y pair. Doedd dim yn well ganddo na llosgi 'bach o drash ar fore iach o wanwyn. Safai'r llif gan dawel wenu ar y llawr, ei dannedd yn ysgyrnygu'n barod am waith.

'Hoi! Knob 'ead! Knob 'ead ... you fuckin' deaf or some'in' ... I said, you deaf or some'in'?' Safai Shirley Belmont Rogers Bowen yn grofen o chwys ar ei phoni fach. Sach dato o fenyw ar ben ceffyl siâp corgi.

'I've just phoned the Environmental Agency, you hear me? It's illegal to burn tyres. You're poisoning the environment, do you understand?'

'What? What? I can't hear you ...' Pryfociodd Ned.

'Well, if you turned that cow down you would,' gwaeddodd ar Mariah druan a'i hymdrechion byddarol o gefn y tractor gwyrdd.

'Sorry, what cow? No cows here. Strictly Glastir. Set aside this is. No cows allowed to graze here.' O boced ei oferols John Deere, tynnodd ei ffôn i weld faint o'r gloch oedd hi – gan adael i'r gymdoges ddanheddog lyncu'r mwg du.

'I've just built my ménage here … and my ponies are suffocating on your bloody fumes. Why couldn't you burn them further down or back on your yard?'

'What can I do … that's nature, isn't it … the wind was meant to blow it that way … Over the boss's fields … but shit happens, what do you want me to do … fart?' Peth hawdd oedd taflu olew ar fflamau ambell un, ac roedd y gymdoges hon yn enwog am ei thymer gringras. Methai hithau ddeall sut roedd ardal mor berffaith yn gallu esgor ar bobol mor afiach.

'Well I'll be phoning the police then. I doubt that you should be chopping down those trees!' Syllodd Ned yn dwp ar y boncyffion main a frwydrai'n ofer yng ngwreichion y tân.

'Trees? They're trash, not trees.'

'Trash!' Sylwodd Ned ar y mwg yn powlio o glustiau'r globen geffylog.

'I … I,' meddai eto, gan fod 'I' yn bwysig, 'happen to have a degree in Environmental Studies, so don't you get cocky with me, you vile little man.' Ystyriodd Ned. Doedd dal ei dafod ddim yn un o'r sgiliau ar ei CV. Pe bai'r Fagloriaeth Gymreig (yn ei holl ddoethineb) wedi mynnu'r sgìl hon, yna byddai'r hen Ned wedi methu'n blet.

Sychodd ei drwyn yn swnllyd ar ei lewys a meddyliodd.

'Well, I've …' dechreuodd, 'I … I … got a degree in Agriculture. First class from Gelli Aur.' Chwipiodd y geiriau fel pysgotwr yn taflu ei wialen i gornel llawn pysgod a chyda chraffter un oedd wedi arfer windo pobol lan, trodd yr olwyn gan bwyll bach tan i'r pysgodyn dderbyn ei fod yn boddi. Bachodd.

'That's your hedge, this is mine. I've had orders from the boss to burn anything in sight. That means anything!' Edrychodd arni'n fygythiol, a'r tun disel yn gynnes yn ei law. Gwenodd wrth weld dannedd dodi'r hen Shirley Belmont Rogers Bowen yn bownsio yn ei cheg.

'You bloody inbred hillbilly.' Gwenodd Ned. Wfftiodd hithau.

'Well, thank you! Nice of you to notice. Call again.'

Wrth iddi dynnu pen y gaseg fach yn ddisymwth o'r borfa, gwyddai Ned yn iawn fod ffrwydrad ar y ffordd. Camodd gan bwyll bach tua sedd y tractor. Gwell iddo gael gwared o'r teier, siŵr o fod, rhag ofn. Plannodd y rhaw fawr ar flaen y dractor i ganol y gwreichion. Ysgydwodd y fflamau. Tân oedd tân. Gwell oedd peidio chwarae – rhag ofn.

Gwaeth fuwch neu fenyw

Sgathrodd y ffowls dros y clos wrth i'r John Deere gyrraedd. Ers iddo ddechrau gweithio ym Mryn y Meillion, roedd Ned wedi dysgu peidio dweud gormod. Ond ambell waith roedd ei gof yn pallu.

'Ma'r fenyw 'na off ei phen. Mowredd, am natur! Clean off.'

'Pwy fenyw nawr?' Surbwch a dweud y lleiaf. 'Ma pob menyw off 'i phen os ti'n gofyn i fi,' poerodd Rhys.

'Y blydi fenyw 'na sydd wedi prynu Cwm Gwaelod. Natur ar diawl arni. Real hen g-gwcw.'

'Beth ddiawl wyt ti wedi neud nawr, gwed? Losgest ti'r annibendod 'na?'

'O, do, do, doedd hynny ddim un problem.' Oedd angen cyfaddef, neu adael i bethau ddod mas eu hunain bach? Ystyriodd. Gadawodd i'r saib fagu 'bach o bwysau, cyn mentro ar drywydd arall. 'Oes ise carthu mas heddi neu oes well i fi ddechre bwydo?' Trodd gan feddwl mynd yn dawel bach, fel ci yn sièd ffowls.

Ar hynny, pwy gerddodd heibio fel cysgod ond hi, madam. Digon pert oedd hi a dweud y gwir, er y gwyddai o brofiad mai pethau digon delicet oedd pethau wedi'u himporto. Gwaeth fuwch neu fenyw, ac roedd y pris ar dag hon yn ddigon i dagu dyn, siŵr o fod. Ystyriodd. Gwell fyddai cadw Nerys am aeaf arall. O leia doedd dim gormod o betrol yn mynd wrth gwrcatha honno!

'Hwp hi gadw, nei di!' rhybuddiodd Rhys gan ddal

blaen gên Ned â chefn ei law. Llyncodd Ned ei dafod ac esgus clirio ei wddf. Doedd Rhys ddim yn ddyn am fân siarad. Ond wel, rhyw ddeg munud oedd cyn te deg, a thrueni gorfod gadael jobyn ar ei hanner, meddyliodd Ned.

'Gweud o'n i fod y fenyw newydd 'na off ei phen. Ma ise ceffyl diogel i gario'r hen drogen! Doedd hi ddim yn meddwl bo fi'n gwbod beth o'n i'n neud. Chi'n gwbod fel ma'n nhw … dod ffordd hyn yn ecspyrts ar bopeth. Trial gweud wrth rywun shwt ma ffarmo a dim ond rhyw geffyl a dwy afar sydd 'da ddi!'

'Ai! Ti'n iawn.' Cadwodd Rhys ei lygad ar ei fuddsoddiad newydd, oedd yn cario llwyth o ddillad glân i'r lein. Gwyliodd y ddau wrth iddi blygu a 'mestyn. Plygu a 'mestyn. Plygu a 'mestyn. 'Beth ddiawl wyt ti'n dal 'ma? Bagla hi. Ma'r defed mas heb ga'l sgrapidyn o fwyd. So waca hi, gw' boi!'

'Ie, ie, ar y ffordd o'n i nawr, on my way, boss, on my way!'

Poerodd Rhys i'r crac yn y concrid a chau ei fotwm top yn dynn am ei wddf.

Dydd Llun

Fe hales i fe, y llall, 'nôl i'r ysgol o'r ffordd. Doedd e ddim yn iawn i fynd, wy'n gwbod hynny. Ond dim ond o dan dra'd fydde fe fan hyn ac roedd rhywbeth yn ei lyged e, ers y ddamwain. Wir ichi, fel 'se mai dim damwain o'dd e.

O'dd 'y mhen i ar dân, chi'n gweld. Fydden i'n clywed pethe doedd neb wedi eu dweud. Fydden i'n anghofio pethe o'dd pobol wedi eu dweud. Ac yn y diwedd, o'dd e'n rhwyddach i stopo byw nag esgus fod popeth yn iawn pan do'n nhw ddim!

Cwmni o'n i'n moyn. Rhywun i siarad 'dag e, rhywun i wrando arna i'n torri. Ro'n i am switsho'r cwbwl off. Troi rhyw switsh a chau'r sŵn bant.

Roedd gormod o fai arno fe a finne i ni allu gwrando ar ein gilydd yn craco. Wedi'r angladd oedd e fel byw gyda dyn dieithr. Roedd yr euogrwydd yn drewi yndda i, ynte'r un peth.

Allen i fod wedi ei racso fe. Ei ddyrnu fe. Ei gledro fe er mwyn i fi fedru teimlo'n well. Ond arna i oedd y bai gystal ag yntau. Allen i ddim bwrw fy hunan mwy na thaflu fy hunan o fla'n car.

Dydd Mercher

Manon wedi galw. Wedodd hi bod hi wedi gorfod geni'r un bach yn farw. 'To. Beth sydd arnon ni fenwod, mynte fe Neurin, sai yn gwbod. Golwg wedi cilio arni. Ei llyged hi mewn draw. Fentre hi ddim cyfaddef wrtha i, wy'n gwbod. Ond ma rhywbeth mowr yn bod. Ma colli yn rhan o'n hanes ni'n dwy ac mae cysur yn hynny. Finne trwy ddamwain a hithe trwy ddwrn. Dim ond dwy chwaer allai wbod beth yw rhannu. Rhannu colled. Fe eisteddon nhw'u dou, y ddou ddyn yn ddigon bodlon eu byd. Can neu ddou o gwrw a siarad yn ddiddiwedd am bris llaeth a phris cêc a phris popeth sydd werth dim i ni'n dwy. Fe dries i ei chael hi i'r parlwr, esgus oedd e, esgus chwilio am hen lunie pan o'n ni'n blant ar ein gwylie 'da Anti Jên. Gwylie haf hir a dim un dyn ond Dat. Dyn da oedd Dat, ac Anti Jên yn gweud bod ei drws hi wastad ar agor a'r mynydd yn belonged i ni. Raso ar hyd y grug, gwneud nyth yn y gwair. Glan y môr a thywod a gwylanod a dillad newydd ac Anti Jên yn chwerthin a finne'n pwdu a Manon yn canu a'r lluniau'n ein llonyddu ni'n dwy wrth gofio bod glaw ac oerfel wedi pothellu'r cwbwl erbyn hyn. A'r atgofion yn mud dwyllo fel hen gân.

Beth bynnag yw Morgan, dyw e ddim yn ddyn cas. Mellt sy yn llyged Neurin. Does dim iws iddi ddod yn bell 'da fi. Gormod o ofan arno fe iddi weud beth oedd hanes y clais ar ei boch. Fethodd hi godi ei braich i hôl te chwaith. Ynte'n gweud ma cwmpo wrth hôl dŵr i'r da bach wnaeth hi. Cwmpo! Ma celwydd yn dod yn rhwydd i rai. Anwesodd ei chefn yn ara bach ac edrych yn drydan i'w llygaid, cyn cyhoeddi mai 'un lletchwith fuodd Manon erio'd'.

Derbyniodd hithau ei dedfryd ac eistedd yn hen wraig fach yng nghôl y sedd a'i hwyneb yn gwynio gwendid. Manon fach yn ei rhubane, Manon a hufen iâ dros ei boch, yn seren Bethlehem ar ei thaith, yn canu'r dydd yn nos. Cofia'r haf, Manon fach. Cofia'r haf. Codi a mynd yn ei chot ail-law wnaeth hi heno, fel pob heno arall, a Neurin yn rhoi pwniad fach dawel iddi am wneud shwt show wrth iste lawr yn y car a chodi ei law'n fonheddig gyda'r llaw arall.

Fe holes i a fydde 'ddi'n gallu ei adael e. Ma sawl blwyddyn ers 'ny nawr. Cyn i finne ddeall beth oedd ffili. 'Does dim plant i'ch cadw chi gyda'ch gilydd,' wedes i heb feddwl gwneud dolur. 'Allet ti ga'l tŷ yn pentre. Ma digonedd o fenwod yn gneud. Digon o fenwod yn mynd mas i weithio yn siop neu cadw cwpwl o eist magu mas y bac.' Edrychodd hi arna i fel 'sen i newydd ofyn iddi am ei chalon. A wedodd hi,

'Pwy iws gadael Rosa? Dim ond 'nôl sy 'da fi i fynd.'

Ry'n ni i gyd yn mynd am 'nôl. Dros y cwbwl lot. Ddydd ar ôl dydd.

Twpsyn, blydi twpsyn!

O ben ucha'r clos gallai weld y byd. Cloddiau main a chloddiau mwy yn bwydo'u ffordd i'r afon. Arhosodd yr haul yn ei unfan gan ruddo'r cwilt caeau gyda'i ddwrn. Roedd graffiti'r defaid a'u llwybr priddlyd o gylch y big bêl yn y bwlch. Byddai'n rhaid iddo'i symud eto fory.

Ei glywed cyn ei weld wnaeth Morgan. O gae'r wernydd, clywodd John Ty'n Graig Isa'n rhegi fel rhywbeth hanner call a dwl wrth iddo gwrso dafad yn ddiddiwedd. Clywodd y beic bach yn raspo a pheswch mwg. Gweiddi ar ei wraig oedd John. Honno'n pallu gwrando'n waeth nag ambell gi.

'Cer mla-a-an fenyw!!! Cer mla-a-an! Ti'n sefyll fan 'na fel dyn pren. Cydia yn y diawl. Oes ise i fi neud pob dim, 'de? Cer o dan dra'd … cer 'nôl i tŷ … ti werth dim byd.' Gan fod ganddo feic roedd John yn mentro. Pe bai ar ei draed byddai'n stori wahanol. Byddai John yn fficso'i lasys yn amal. Damwain, meddai fe. Rhybudd, meddai hi. Cafwyd y ddafad yn y diwedd a'r oen bach yn sownd o hyd. Trodd John hi ar ei hochr (y ddafad, nid ei wraig), ac ar ôl tynnu'n hir a diawlo, safodd yr oen bach fel Bambi ar ei draed. Welshen, 'sdim dwywaith, meddyliodd Morgan, a throi i fynd am y tŷ drachefn. Roedd awyr iach yn llifo drwy ei ysgyfaint. Am braf o beth.

Roedd hi'n eistedd yn hen sedd Rosa ger y tân, ac wrth i Morgan daflu ei welingtyns oddi ar ei draed clywodd hi'n hastu i godi.

'I have finished. I clean everything. Everywhere.' Er mwyn cadw cap Rhys yn iawn byddai hi ar ei thraed yn gynt na neb arall. Talu am ei swper ys dywedodd e!

'Jiw, jiw, don't worry. Yes, yes, a lovely job, lovely job.'

'I make you tea?' Cyn bennu gofyn yn iawn roedd hi wedi codi a mynd i'r llaethdy, a'i thraed bach mor dawel â chydwybod. Teimlodd gywilydd.

'Where do you say he is then?'

'He say he go to mart in village ... say I stay and make clean.'

'Oh, you didn't fancy going with him then?' Delwodd ei llygaid yn ei phen. Chafodd hi ddim cynnig mynd. Doedd hi heb adael y clos ers iddi gyrraedd, bron. Misoedd o fyw fel carcharor. Nid fel hyn ddychmygodd hi bethau. Roedd ganddi ffrind yn Llundain a mam a thair chwaer gartref. Ysai am gael cysylltu â hwy. Addawodd e'r byd iddi. Addawodd y câi ffonio adre mor amal ag yr hoffai, ond wedi iddo weld y bil ffôn ryw fis yn ddiweddarach, chafodd hi mo'r cyfle eto. Rhoddodd stop arni'n defnyddio'r we hefyd – pwy oedd hi i'w farnu ef, a dweud wrth bobol nad oedd hi'n cael lle da. Meddyliodd am ysgrifennu llythyron, ond pwy fyddai'n fodlon eu postio drosti? Doedd Rhys ddim yn gweld bod eisiau!

'Have you seen the lambs out in the field?' gofynnodd Morgan, er mwyn cael rhywbeth i'w ddweud heblaw siarad am y tywydd o hyd. Ysgydwodd Han ei phen.

'Do you have sheep in your country?' Gwenodd. Rhyw siarad wast fel hyn fyddai Morgan bob dydd. Ymdrech i'w gwneud yn fwy cartrefol.

'Have you seen the lili wen fach is out already? You know, small white flower in the hedge.' Teimlodd yn hurt.

Dim ond dyn ar ddwy goes fyddai'n sylwi ar flodau yn y clawdd. Roedd y mwyafrif ar ormod o hast i gyrraedd rhywle i sylwi. A doedd iws i hon druan fynd yn bellach na'r sièd ffowls cyn i Rhys weiddi arni.

'So you like it here, you like Wales? Lots of fields. Very green.' Gellid dychmygu ei bod hi'n dod o'r lleuad yn ôl ei siarad. 'How are your family? Your sisters?'

Nodiodd ei phen. O'i sedd wrth y tân syllodd Morgan ar y lluniau yn y seld. Hen luniau melyn wedi cwrlo. Plant. Hen blant a phlant eu plant. Gwelodd dwll yn ei hosan a'r bys bawd yn chwarae wincio drwyddo. Hen hosan frown â fflwcs gwaelod welingon yn grymen arni.

Yfodd ei de. Doedd dim golwg ohoni'n eistedd o hyd a theimlodd Morgan yn lletchwith yn eistedd yn y gadair wrth y Rayburn.

'Jiawch, sorry bach, were you sitting here? Come, sit here ...' Roedd euogrwydd yn ei llygaid. 'Don't worry, I'll move now. Quick cup of tea before feeding. Here ... you sit.'

'No, no, I have to make food ... potatoes in shed,' a chyda hynny o eiriau diflannodd yn llygad-ddrwg drwy'r drws mewn hen bâr o slipers bob dydd a'r badell crafu tato yn ddiogel yn ei dwylo. Yffach! Rhywbeth bach yn gomic am honna 'fyd. Doedd e ddim yn gyfarwydd â menywod mor ddywedwst.

Syllodd Morgan ar dudalen flaen y papur newydd. Trychineb arall o ben draw'r byd. Blydi mess ym mhob man, meddai wrtho'i hun, a'r ast ddefaid dew a gysgai o dan y ford yn cydsynio. Barnodd Morgan mai dyna ddenodd hithau i'w gartref. Gadael y cyfan am fan gwyn man draw. Cofiodd sut y bu'n chwilio am oriau am Rhys.

Galw ei ffôn yn ddiddiwedd. Galw'r bois yn y pentref. Galw Mari, ei gyn-wraig. Atebodd Rhys ei ffôn yn y diwedd yn dweud ei fod yn mynd ar wyliau.

'Gwylie!? Gwylie!?' Câi hi'n anodd credu. 'Ond ni'n ganol wyna, 'chan!! Byrst peips yn sièd lloi *a'r* blydi Land Rover ar stop! Pwy wylie sydd ise arnat ti?' A fel hynny fu pethau. Bob chwe mis byddai Rhys yn codi ei gwt yn y glaw ac yn diflannu i ben pella'r byd.

'In love, boi!! In love!' gwaeddai'n frags i gyd pan ddôi'n ôl, gan swagro'i ffordd ar hyd y clos. Doedd dim gan Morgan i'w wneud ond derbyn. Wedi'r cyfan, doedd ganddo neb i rannu'r bai am ei fagu ond ef ei hun. Doedd e ddim wedi arfer peidio cael ei ffordd ei hun a phan ddaeth y glatshen ynglŷn â phriodi eto, bu bron i Morgan dagu ar ei ginio.

'Priodi! Pri-odi!? Paid siarad drwy dy hat!' gwaeddodd. 'Newydd sychu ma'r inc ar dy ddifors di, grwt.' Ysgydwodd Morgan ei ben a'i ddiawlo'n ofer. 'Twpsyn … blydi twpsyn!'

'Ma fe wedi ei neud nawr ta beth,' atebodd Rhys yn fachan bras i gyd. 'Gewch chi weld … geith hithe weld 'fyd … mynd o 'ma gyda'r bois bach wrth ei chwt hi … meddwl dim amdana i. Y jipen! Geith hi weld – gewch chi i gyd weld!'

Efallai nad ef oedd y tad gorau, rhesymodd Morgan, ond roedd e dal yn dad i'r rhai bach. Er gwaetha'r berthynas rhyngddo fe a Mari.

'Pwy s'a ti 'de?' mentrodd Morgan ofyn yn y diwedd.

'Neb! Neb fyddech chi'n nabod,' atebodd yntau â gwên lydan ar ei wyneb. Gwên fel na welsai Morgan ers rhai blynyddoedd bellach.

'O! Fel 'ny mae'i deall hi, ife?'

'Ie, fel 'ny mae'i deall hi!' dynwaredodd yntau.

Gwylltiodd Morgan.

'A ble chi'n gwalgi byw 'de, gwed?'

'Wel fan hyn. Ble arall? Ma croeso i *chi* ga'l tŷ yn pentre os chi moyn! Ond fan hyn fydda i!'

Pwysodd Morgan ei eiriau a'u mesur ddwywaith cyn eu dweud.

'Grynda di 'ma, was bach ... grynda di arna i am unwaith.' Roedd ei galon yn nhwll ei wddf. '*Fi* pia'r ffarm o hyd! Fi! Dwyt *ti* ddim wedi profi bo ti'n ddigon o foi i'w chael hi 'to!' Safodd y geiriau fel cyllell rhwng y ddau. Crasodd Rhys. Teimlodd y dolur yn llenwi ei ddyrnau. Poerodd.

''Se'r lle 'ma wedi bennu flynydde 'nôl oni bai amdana i. Fi sy'n cadw'r lle 'ma i fynd. Beth nelech chi hebdda i?! Ffac ôl, 'na beth ... ffac ôl! Chi'n clywed?'

Bu tawelwch am dipyn wrth i'r ddau rythu ar ei gilydd fel dau geiliog ar y clos.

'Oni bai amdana i bydde'r hwch wedi hen fynd drwy'r siop. Symo chi'n galler trafod defed, na llanw'r un fform. 'Drychwch arnoch chi. Chi rhy hen i ddala dim byd ond annwyd a hyfed te. Oni bai amdana i fydde dim byd yn digwydd 'ma. Y ffenso, y bwydo.'

'Jiw, jiw, 'na foi wyt ti, yndyfe 'de ...' gwawdiodd Morgan â phwyll un oedd wedi gorfod pwyllo. 'Shwt ddiawl ffilest ti gadw Mari a'r bois 'ma 'de, gwed?' Teimlodd Rhys y glatshen. Ambell waith roedd rhaid torri i'r bôn. Ystyriodd. A fentrai yntau fod mor greulon? Ffacit! Pam lai.

'Nid fi fydde'r cynta i golli'r rheini, nage fe?' trywanodd.

Nage, meddyliodd Morgan a dolur y blynyddoedd yn ei gnoi i'r byw.

'Ie, oni bai amdanat ti …'

Doedd dim angen i'r un o'r ddau orffen y frawddeg.

Roedd ei de wedi hen oeri erbyn iddo'i osod wrth ei wefus. Deffrodd o'i atgofion.

'Sdim byd yn rhwydd, oes e, holodd ei hunan, ac wrth godi, gosododd ei law rhwng braich y stôl a'r glustog. Synnodd o weld llun plentyn bach. Plentyn bach dieithr, rhyw bedair oed yn wên o glust i glust ym mreichiau ei fam. Gwawriodd y gwir. Efallai mai dyma asgwrn cynnen Rhys p'noswaith. Ailosododd y llun bach yn ofalus man lle gadawodd Han ef.

Dim ond chwarae …

Corlannwyd y defaid i gornel bella'r cae. Daliodd y ci i chwyrnu. Cyfarth. Poerodd waed. Roedd y blas ar ei dafod fel moddion. Ysodd am fwy. Cnodd. Brathodd i'w gweflau gwlanog. Sgathrodd y gweddill wrth weld bwlch rhag y blaidd. Gorweddodd un yn fud a'i bref yn boddi'n goch. Brathodd eto, a'r gwaed yn goglais ei ddannedd cyllell. Cwrsodd. Cnoi a chwrso. Cyllyll yn rhacso. Rhaflodd ei ffordd o un cnu i'r llall … Doedd dim dianc … Defaid dof yn gwylltu'n y gwyll … Meistrolodd y praidd … Chwalodd wddf arall a sefyll i anadlu, ei dafod yn hongian fel croen yr oen bach wrth ei sawdl.

Llwydnos llonydd a'r pentre'n dechrau cysgu. Rhy hwyr heno i boeni am ddryll neu ddolur. Dim ond chwarae. Dim ond cwato. Brasgamodd ar hyd y borfa wlyb. Cododd ei glustiau … Na! Dim ond cwningen.

Dydd Mawrth

Gweld ei lygaid bach e'n dyllau o ofn. Finne lawr yn y gwaelodion.

Wy'n llefen ar ddim ac ar bopeth, ond mae'n neis gallu llefen.

Doedd dim amynedd gydag e ata i heddi. Wedodd e wrthai i dynnu'n hunan at i gilydd. Wedodd e bod pawb yn dost o'i ise fe. Pwy ise ail fyw'r peth oedd ise. Ddydd ar ôl dydd. Mis ar ôl mis.

Pe bawn i ond wedi cadw ei lunie bach e o'r ysgol feithrin. 'Sen i'n gwbod fydden i wedi. Pob llun, pob gwahoddiad i ben-blwydd, pob carden. Popeth.

Pnawn 'ma es i'r dre. Dim eisie dim arna i. Dim ond wâc.

Des adre o'r dre sha tri. A dyna lle'r oedd e â llond llwyth yn bac y pic-yp. Llond llwyth o feics a thractors bach yn barod i fynd â nhw off i'r dymp … rhacs o bethe o'n nhw, fi'n gwbod … beic tair olwyn â'r handlbar wedi torri … hen bwll padlo â thamaid o dwll yn ei ochr … pethe … ond pethe Ifan o'n nhw …

Waeddes i arno i'w gadael nhw. 'Gad nhw fan 'na, Morgan. Gad nhw. Ddim dy bethe di y'n nhw i'w twlu!' Cowodd ynte'i ben lawr fel ci drwg, a gweud mai dim ond cadw trefen a gwneud lle i bethe'r llall oedd yn sarnu mas yn glaw oedd e. Gad iddyn nhw rwdu, mynte finne a'n llais i'n rubane. Wedi ca'l y cwbwl yn rhy rwydd erio'd.

Does dim pwrpas i ni'n dou rhagor, oes e? Doedd e ddim yn deall … hen ddyn diwerth. Ddeallodd e ddim erio'd. Symud mla'n … symud mla'n a mla'n a mla'n a mla'n a finne ddim yn gallu. Ddim yn gallu gweud gwd bei ac esgus bod clwyfe wedi cau. Ma 'nghalon i'n chwilfriw a dim un plastar yn ddigon mowr i'w gwella hi.

Dydd Llun

Ces i freuddwyd neithiwr. O'dd Rhys newydd ddechre cerdded … Rhys bach, nid Ifan ond Rhys … cannwyll fy llygad i. Popeth er mwyn Rhys. Fe es i Clarks i brynu pâr newydd o sgidie iddo fe, rhai tryta yn siop. Rhai glas a thanctop bach gwyrdd a chrys a thei o Mothercare, y pushchair yn newydd ac yn lân a dim lle yn y bŵt iddi rhwng y dillad a'r bwyd a'r pethe eraill. Cyrraedd adre a swper yn ffwrn yn barod i Morgan. Morgan yn gwenu a dala cusan ddisymwth i fi ar fy nhalcen. Rhys yn chwerthin a finne 'n y sêr.

O'n ni'n hapus gyda'n gilydd a Morgan yn canu … canu llond y tŷ …

'Gee geffyl bach yn cario ni'n dau, dros y mynydd i hela cnau, dŵr yn yr afon …'

A Rhys yn chwerthin fel ffŵl ar ei ben-glin e … a finne'n meddwl bod y byd i gyd yn berffaith bryd 'ny.

Fe ddihunes i wedyn yn chwys i gyd … methu cofio am eiliad pwy o'n i … ble o'n i? … a gweld dim drwy'r ffenest fach yn y rŵm gefen ond nos … nos yn llawn bwganod … Gwely sengl a phethe Ifan bach yn daclus yng ngolau'r lamp … neb wedi chwarae â nhw ers blynydde … hen dractors bach a thedi brown … a bysedd Tomos y Tanc y cloc pen-blwydd yn dal i gerdded i ddim un man.

… finne'n ffili'n deg â charu Rhys dim mwy …

Dydd Mercher

Alla i ddim â'i odde fe. Ma ei wyneb e, ei lyged e … y ffordd ma fe'n edrych arna i. Ma fe'n troi arna i, alla i ddim â'i odde fe'n agos ata i. Morgan bach. Shwt ddes i i hyn, gwed? Pwy gythrel sydd yn fy nghroen i, fel na alla i fyw yndo fe? Alla i ddim.

Fe es i o 'ma heddi 'to. Off lawr rhewl. Mas o 'ma. Rhywle i anadlu. Rhywle i'n 'enaid gael llonydd'. Ma'n nhw'n chwerthin ar fy mhen i. Ma'n nhw. Wir i chi. Ma'n nhw'n tynnu'r bywyd ohona i ac alla-i-ddim – alla-i-ddim-alla-i-ddim mwy.

Fe siarades i 'dag e'r doctor heddi 'to. Mewn erbyn 10. Fe eisteddes i 'na fel delw yn trial gweud beth oedd ar fy meddwl i. Fel tywyllwch, wedes i'n diwedd. Ond doedd e ddim yn deall. Shwt alle fe ddeall? Dyw e heb fod 'na, nagyw e? O, gad i bethe wella. Gad i fi wella.

Ma'r llais 'ma 'nôl 'to. Y llais 'ma sy'n gweud wrtha i ma mai i oedd e i gyd. Ma bai arna i ac alla i fyth olchi hwnnw mas o 'mhen i. Wedodd e wrtha i am sgrifennu pethe lawr. Cadw cofnod. Dyddiadur. Fydde fe'n help i roi trefn ar bethe. Wedodd e wrtha i am gymryd y tabledi … i gau 'mhen i. Stopo fe mewn fan 'na rhag dweud wrtha i mai fi sydd ar fai o hyd. Fe gymera i nhw. Fe gymera i nhw i gyd ryw ddiwrnod.

Golles i ddwy awr heddi. O'n i fan 'na o fla'n tân yn y rŵm ffrynt yn tynnu dwst a phan bipes i ar y cloc roedd hi'n amser te a phawb yn synnu bod y tegil ar y Rayburn wedi berwi'n sych.

Dim ond pipo wnaeth Morgan. A dyna pam na alla i ei odde fe. Fe hwpodd e'r un arall o flaen y teli â thoc o fara menyn a phacyn o grisps. Dyw e ddim yn ddigon da. Ond alla i ddim â gwneud gwell. Hwnnw a'r diawl yn ei groen yn edrych arna i fel 'sen i'n …

Rwy'n ffili aros yn y tŷ. Rhaid dianc i rywle, oddi wrth fy mhen fy hun. Pobol yn galw a finne'n methu'n lân â godde eu cleber wast a'u dagre. Alla i ddim llefen. Mae fy nghydwybod i'n rhacs … Nhwythe'n mynnu ei dwllu …

Gwahoddiad

'Beth wyt *ti'n* moyn 'ma?' Safodd Rhys yn nrws ei gyn-wraig â charden pen-blwydd i'r plant. Efeilliaid. 'Wy wedi gweud wrthot ti. So ni moyn dy weld di. So cer, cyn alwa i'r polîs.' Safodd Rhys yn ei unfan. Doedd neb yn mynd i ddweud wrtho fe beth i'w wneud. Ysgydwodd ei ben a gwenodd yn chwerw. Clywodd y peiriant golchi wrthi'n troi yn ei unfan. Mentrodd eto.

'So ti'n mynd i roi bach o gacen pen-blwydd i fi, 'de? Tr'eni bo fi wedi ffwdanu dod draw'r holl ffordd a cha'l dim byd.'

'Na'th neb ofyn i ti ddod.' Tynnodd ei gwallt yn daclus i'r bandyn ar ei phen cyn datod ei ffedog. 'Symo nhw gartre. Ma'n nhw wedi mynd draw i weld ... ffrind.'

'O! 'Na ti 'de. Gadawa i'r garden fan hyn i ti, ife?' Estynnodd y garden dros y gât fach a gadwai'r plant o'r hewl.

Wedi iddyn nhw wahanu, fuodd hi ddim yn hir cyn mynd i blanta gyda dyn arall, meddyliodd Rhys. Hen ast gelwyddog. Syllodd arni a'i bola babi. Doedd fawr o obaith ganddo weld ei blant heddiw eto. Gwyddai nad ef oedd y tad gorau yn y byd, ond diawch erioed, roedd ganddo hawliau fel pob dyn arall. Aroglodd y bwyd o'r ffwrn a mentrodd seboni.

'Diawch, rhywbeth yn smelo'n ffein 'ma. Beth sy 'da ti, sosej rôls?' Swta oedd ei hymateb hithau, a'i llygaid yr un mor wrachaidd ag arfer. Beth ddiawl oedd ei hapêl, ni chofiai. Anadlodd cyn mentro gofyn, 'Ble ma *fe* 'da ti 'de? Gwaith?' Doedd hwnnw erioed wedi gweithio yn ei ddydd. Crechwenodd wrtho'i hun, cyn poeri hen fflwcsyn o flaen ei dafod.

Edrychodd hithau arno fel pe bai'n rhwymo rheg.

'Ma fe'n siopa os oes raid i ti wbod! Pethe parti.'

'Diawch. Modern man … wedi ennill y loteri, yw e … ne' byw ar 'y nghefen i ma fe 'to?'

'Wel pam lai? Ddim fe fydde'r cynta, nage fe … Ble ma *hi* 'da ti, 'de? Clywed bod hi'n siarad llai o Saesneg na'r hamster 'co'n pasej!' Teimlodd Rhys ei natur yn dechrau codi.

'Eidîal glei … 'sdim byd yn wa'th na menyw â gormod o lap yn ei phen hi!' Cododd ei aeliau fel pe bai wedi sgorio cais. Cyn iddi hithau dalu'r pwyth yn ôl.

'Na! Ma pawb yn geso ma nid i gloncan nest ti hala meintenans dy blant ar fenyw hanner dy oedran di!' Safodd Rhys fel tarw wrth y gât, a diolchodd hithau wrth weld Nigel, y dyn newydd, yn cyrraedd adref.

Chwyrnodd y ddau ddyn ar ei gilydd, a theimlodd Rhys ddolur cynta'r dydd wrth weld ei blant yng nghôl dyn arall.

'Did you get everything, Nige?'

'Yeah, I think so … it's not Christmas yet, is it?'

'Mae'n Christmas arnat ti bob dydd, y fferet bach,' mwmiodd Rhys dan ei anadl.

'No, no … he's called with a card for the boys.'

'Oh! Awesome!'

'Heia boi, heia boi bach. Chi'n dod i weud helô wrth Dadi? Dadi wedi dod i parti ti a parti tithe. 'Na gwd, ife? Dere 'ma, gw' boi bach, dere 'ma glou … hops 'da Dad?

Dadi wedi dod i weld chi'ch dou.' Camodd hi a'i bola mawr i'r adwy cyn i'r un o'r ddau gael cyfle i ystyried pwy oedd y dyn dieithr ar garreg eu drws.

'Edrych, so hwn yn good timing, yw e? Ma gwaith neud bwyd 'da fi cyn daw plant i'r parti, so …'

'So beth … ti'n disgwyl i fi adael, wyt ti? Ma'n nhw dal yn blant i fi, cofia! Hei boio bach, heeei broga! Ti wedi tyfu'n foi mowr, yn'd wyt ti, a tithe … gorjys bois bach Dadi, ife?'

'O, mam fach, tyf lan, nei di? Paid, jyst paid, ocê. Dy'n nhw ddim yn moyn dy weld di mwy na fi, so ie, diolch am y garden. Un rhwng y ddou, ife? Fair play!' Roedd yr atgasedd yn sgubo'n dew drwy ei waed ac edrychodd arni'n fud. Roedd hi wedi llygru'r cwbwl lot yn ei erbyn. Hen wrach ddiawl. Safodd hithau yn fregus fodlon fod mwy nag un ffordd o gosbi'r diawl am yr holl ddolur a gafodd ganddo. Heb air, fel dryll heb fwled, camodd yntau am yn ôl gan wylio llygaid bach ei feibion dyflwydd yn syllu'n llon ar eu llyngyren o lystad a hwnnw'n Sais!

'Say bye-bye,' mynte yntau, a'i lygaid fferet yn binc yn ei ben.

'Bye-bye,' mynte un, cyn i'r llall chwythu sŵn rhech drwy ei wefusau siocled.

Y melynwy yn goch dros y masgal gwyn

Wedi swper, cododd Han o'i chornel heb ddweud gair. Arhosodd tan i Rhys godi hefyd, rhag iddi gael ei chyhuddo o'i bryfocio eto. Roedd ei hwyl yn wan ar y gorau. Ond wedi iddo ddychwelyd o barti'r plant heb gael dim croeso, roedd ei dymer ganwaith yn waeth nag arfer. Trodd i'w hwynebu.

'Yes?' holodd. 'Have you found somewhere to go? You know the deal.' Gwelodd y dagrau yn dechrau cronni yn ei llygaid, a lledodd ton o natur drosto. 'Don't start crying with me. I don't care.'

'But I need …'

'Ie, dyna'ch problem chi fenwod, wastad yn moyn rhywbeth. What? What do you "need" now?'

'I need more time.'

'Christ's sake, you've had weeks, months, and nothing.' Gafaelodd yn ei llaw a'i gwasgu'n gas.

'You give me a family. I give you a home. Other than that, I've told you. Deal's off. Leave.'

'But I have nowhere to go. I have no money. You give me money and I go.'

'Money?' poerodd yntau, a'r diawl yn ei lygaid. 'I'm not paying any more for you.'

'You give me passport. You give it back.' Cododd ei llais a'r dagrau'n llenni dros ei llygaid.

'Don't you shout at me! This is my house, my farm! You've had time to pay me back and you've given me nothing!' Gafaelodd Rhys amdani a'i thynnu'n siarp tuag ato. 'You shouldn't lie, you shouldn't.' Ymestynnodd ei law am ei gwddf. Gwasgodd hi dros y bwrdd a'i gwallt yn trochi'n y platiau brwnt.

'Don't … don't!' erfyniodd Han. Doedd hon yn neb. Menyw fach neb. Lledodd boddhad yn gymysg â'r diawlineb drwyddo.

'Dy ddewis di o'dd e, gwd girl … dy ddewis di!' Safodd y poer yn segur yng nghornel ei geg. 'You make me look pathetic … everyone will talk! Playing happy families … you kept that one quiet till I married you!' Datododd ei gopish a gwasgu ei hwyneb yn glais ar y ford.

'I'd be a laughing stock 'cause of you … a fuckin' laughing … stock! Pretty girls … shouldn't lie … it makes them look … ugly.' Mygodd hithau'r dagrau a theimlodd ei ddwylo'n rhwygo ei dillad isaf. Rhoddodd gic i'w hamddiffyn ei hun. Ond yn ofer. Gwingodd a chnoi ei dwrn. Fe'i daliodd hi'n dynnach yn erbyn fformeica'r ford a thynnu ei gwallt yn gwlwm.

'I've given you a home, you stupid bitch. You're embarassing me … now you … can do … what you're … supposed to do for me! Chi fenwod … moyn y cwbwl lot … pallu rhoi … dim amdano fe … Ti a'r ast 'na yn pentre!'

Ym mhen pella'r clos, chwibanodd Morgan wrth ddal llond cap o wyau cynnes, glân. Diolchodd fod Ned wedi twlu 'bach o wellt glân odanynt, neu byddai gofyn iddo eu golchi cyn eu gwerthu. Clywodd y straffaglu ymhell cyn iddo ddeall beth oedd e. Safodd i ystyried cyn brasgamu'n betrus tua'r tŷ. Cododd curiad ei galon a gwyddai nad o wirfodd y deuai'r tonnau tawel o grio drwy'r drws caeedig.

'Rhys?! Rhys! Beth yffach sydd mla'n 'da ti … RHY-Y-S! Rhys achan.'

Gydag un hwp i'w ysgwydd, sgathrodd ei fab heibio iddo â'i lygaid ci drwg. Caeodd ei gopish yn ddyn i gyd.

'Ffacin ast gelwyddog!'

Agorodd Morgan ei gap eilwaith a gweld y melynwy yn goch dros y masgal gwyn.

Gwendid

Tynnu ar ei ffag oedd Mati tra oedd hi'n gwylio'r dŵr brwnt yn nadreddu am y draen.

'Blydi cryts ifanc yn hwdu o flaen drws y ffrynt.' Dyna oedd peryg perchen tafarn. Doedd y clwb rygbi ddim cystal ag oedd e. Teimlai'n hen. Plant yn yfed a meddwi a hithau'n ddiolchgar fod rhywun yn fodlon cadw'r til i ganu.

Cafodd bwl o beswch cas. Blydi chest yn dynn o hyd. Doedd dim iws mynd at y doctor. Doedd hwnnw'n deall dim. Er, un bach digon neis oedd e hefyd. Bu'n trial yn galed i'w osgoi am sbel, gan ei bod hi'n lletchwith mynd ato ar ôl iddi gamddeall ei gwestiwn ynglŷn â phethau merched.

Wel, beth ddiawl wyddai hi? Pan oedd dyn yn siarad am gondoms, fel arfer byddai ei lwc hi mewn. Ond ddim y tro hwn. Roedd hi'n hen law ar sefyllfaoedd lletchwith. Cofiodd i'r un peth ddigwydd iddi gyda'r optegydd ddau fis ynghynt. Hithau'n eistedd yn ddifeddwl yn y sedd ddu: 'T, O, U …' a rhyw lwyth o lythrennau llai a llai fyth … a diawch erioed, ma fe'n pwyso mewn am gusan. Hy! Tsieco'i llyged hi, wir. Doedd hi ddim yn dwp! Gadawodd ar ganol y check-up, a merched y cownter yn rhythu'n fud arni'n rhegi.

'Cer o na'r mochyn diawl, dod ffordd hyn i neud dy fusnes.' Sgathrodd y cwrci trilliw â'i lygaid melyn yn ôl dros y wal.

'Mam? Mam?' Bloedd o'r drws ffrynt. ''Sdim serial i ga'l ar ôl. Mam?'

'Diawch erio'd, beth sydd arno chi blant o hyd? Fytwch chi fi out of house and home. Byt peanuts o tu ôl bar neu rywbeth.'

'Ma nut allergy 'da fi, so ti'n cofio, fenyw.'

'Wel, byt grisps 'de ... one of your five a day!' Diflannodd y trwyn bach smwtiog a'r breichiau tatŵs plant yn ôl tu fewn.

'Helô 'na! O's rhywun gatre?' Yn ei ddillad gwaith a'i gapan clustiau, pwy safai yn yr entrans ond Morgan Bryn y Meillion. Roedd wedi deall bod gan Mati clwb rygbi 'wendid'. Gwendid nid annhebyg i'w un ef. Ac felly bob nawr ac yn y man, pan nad oedd ei losg cella yn twymo ei ymysgaroedd ormod, beth oedd well na threulio rhyw hanner awr fach sionc yn ei chwmni. Ac ar ôl ei hysgariad doedd dim eisiau gwahoddiad, roedd galw ar yr hop yn gweithio bob tro. Coffi bach i ddechrau, wedyn rhoi DVD o flaen y plant lleiaf a digon o swîts a sothach a wâc fach i'r toilet ar bwys y bar. Doedd dim ots pwy un. Doedd e ddim yn meddwl bod yno'n hir!

'Gwd nawr 'de!' wedyn, a bant ag e, ar ôl twrio yn ei boced am bunt neu ddwy i'w gadael ar y bar.

'Arian pop i'r rhai bach!' Winc fach glou, 'nôl i'w Land Rover ac adre i ginio neu de neu swper. Peth handi oedd menyw fel 'ny. 'Dying breed', ys dywedai dynion am fenywod da.

Wrth iddo fynd am adre, gwelodd Morgan lwyth arall o Polish yn cwpla'u diwrnod o waith. Pob un am y gorau yn tynnu'n drwm ar fwgyn. Bu'n rhaid iddo dynnu mas yn ddiogel gan adael i'r teiars fwyta'r llinell wen. Doedd dim iws cael hit an' run ar stepen drws. Sach, doedd dim ofn gwaith ar y Pwyliaid, yn wahanol i ambell sort a ddôi ffordd 'co. Roedd ambell un arall yn byw ar ei ffôn ac yn sgwaru groes yr hewl fel 'se nhw pia hi.

Aeth dros y cattle grid ar waelod ei hewl gan bwyll bach, rhag rhacso'r tracking unwaith yn rhagor. Sylwodd ar ddafad â'i phen yn styc yn y clawdd a bu'n rhaid iddo dynnu'r handbrec hyd y bôn cyn mynd i'w hachub. Draenen wen a draenen ddu. Y ddwy wedi eu plannu am yn ail ar hyd y clawdd. Sylwodd ar y caeau gwyrddfelyn yn ymestyn yn braf o'i flaen. Does unman yn debyg i gartre, meddyliodd.

Tynnodd hi yn ei hyd er mwyn llacio'r gwlân. 'Sdim un creadur twpach na dafad, meddyliodd droeon. Stwffo'i phen ym mhob twll. Dim gweld … Un fel 'ny oedd Rhys y mab hefyd. Dim gweld yn bellach na'i drwyn. Ond dyna fe, falle mai nid arno fe'n unig oedd y bai am hynny.

Cyrhaeddodd y clos, a diolch i'r drefn, roedd y cinio ar y ford. Rhyw nŵdls a llysiau iachus yr olwg. Golchodd Morgan ei ddwylo cyn ymestyn am gyllell fara. Torrodd dafell dew o'r cig mochyn hallt oedd yn hongian o fachyn yn y llaeth-dy a'i gosod rhwng styllen o fara menyn dew. Cnodd ar garlam, cyn i'r lleill ddod i'r tŷ.

'Smells nice with you. What do you say it is?' Cafodd ar deall bod y wledd o'i flaen yn llesol iawn, ond diawch erioed, os nag oedd taten o ryw fath ar y plat doedd e ddim wir yn fwyd i Morgan. Sugnodd ei wynt drwy ei ddannedd.

'Very good, very good.' Llyncodd y nŵdls heb godi ei ben o'r plat. Yr ail i gyrraedd oedd Ned, a'i gerddediad gwyllt, yn amlwg wedi hastu mewn cyn i'r siâr fynd yn llai. Fe fwytai hwn unrhyw beth o fewn rheswm, ond iddo gael 'bach o sos coch ar ei ben. Cyn iddo gael amser i droi'r fforc o amgylch y mwydod, clywodd reg.

'Ffaaaaacin heeeel! Cwyd dy blydi welis brwnt o ffordd … ffaaaaac-in hel … fues i bron â thorri 'ngho's 'da ti. Ffacin crwt didoreth!' Clywyd y welingtyns yn glanio'n lletchwith yn erbyn y bwced mop a Jet yn sgathru o'r ffordd jyst mewn pryd. Doedd dim lot o frawl gan Rhys un pen o'r dydd, ond pan welodd y 'wledd' o'i flaen bu'n rhaid iddo gnoi ei dafod. Plygodd ei ben a rhofio.

'Ie, ddest ti i ben â'r lloce bach, gwed?' Morgan oedd yn holi. Ni chafodd ateb. 'Ie, glywest ti'r rali'n mynd heibio neithiwr? Lot o fès yn pentre, glei … rhyw gryts wedi ffili dala'r tro … dou wedi bod yn clawdd. Car un yn write-off, weden i!'

'Mowredd, ble chi'n gweud o'dd 'ny 'de?' holodd Ned yn ddrifls i gyd.

'Wrth Tro Jeri o'dd y mès mwya. Dorron nhw'r clawdd a lando lawr yn y dwndwr. Gwaith crafu lan y gripell 'na i ddod mas, weden i.'

'Bois bach. Lwcus bo neb wedi ca'l eu lladd. Glywoch chi beth o'dd y weather yn gweud 'de? Wedi oeri, yn'd yw hi? Lot o eira yn America yn ôl y news. Llunie difrifol ar Facebook. Iasu, 'na beth rhyfedd yw hwnnw. Gwd lle i gael busnesad. 'Sech chi'n gweld y merched sydd arno fe. Hanner porcyn. Bob un o' nhw. Pob siâp yn y byd. Ambell globen dew, ambell bishyn ffit … os chi'n gwbod be sy 'da fi … addo cant a mil o bethe, dansherus glei.' Teimlodd Ned y gwres yn tyllu drwy ei siwmper. Llyncodd ei boer a phenderfynu tawelu cyn i Rhys ddod i'r berw.

Y twpsyn diawl â fi, meddyliodd Ned. Gadawodd y sgraps cinio ar ôl ar ei blât, a dweud, 'Wel, fe af i nawr, ife? Benna i fficso'r ffens yn ca' Tŷ Huw, ife? Feri gwd.' Stwffodd ei glustiau a'i geg fawr yn gudd o dan ei gap a dengid drwy'r drws.

Gwahaddod

Claddu ei ben yn ei ddwylo roedd Rhys pan glywodd gnoc ddisymwth ar wydr ei bic-yp.

'Beff sy'n bod afnat ti, gwed … ti di dala bla'n dy bwfs yn dy gopish neu fywbeff?' Safai Bafi, yn bedaif tfoedfef o ddyn byfgoes, byf … a byfgyr blasus yn byflymu yn ei ddwfn.

Dyn dal gwahaddod oedd Bafi, a chan nad oedd wedi deall sut oedd dweud 'r', arferai pawb ei alw'n Bafi, o barch … pafch! Gwahadden o ddyn oedd yntau, a chapan comando yn cwrlo dros ei glustiau byddar. Doedd iws gadael i'r teclynnau clyw wlychu, neu glywai e lai byth.

Arferai fod yn bartner lampo ffyddlon i Rhys tan i hwnnw briodi a phlanta a gwahanu a phriodi eilwaith. Diolchai Bafi nad oedd menwod gystal cwmni â gwahaddod, ac o'r herwydd, cysurai ei hun nad oedd erioed wedi bod yng nghwmni un am ddigon hir iddi feddwl bod ganddo ddiddordeb ynddi. Bu bron iddo gael ei gornelu unwaith gan ffrind i'w chwaer. Whampen o fenyw â bronnau buwch odro. Er tegwch iddi, roedd hyd y latsh ar y pryd ac wedi cael ei gadael ar ôl gan y criw merched, tra eu bod hwythau yn cael ''bach o awyr iach' gyda rhyw whilgrics mas tu fas.

Methai Bafi ddeall shwd bod ganddo chwaer bert a deallus, ond diolchai serch hynny ei fod e'n ddigon da i gwrso a chario fan hyn a fan draw drosti, ac yn amal fe fyddai'r dyn hynaf wrth y bar o bymtheg mlynedd.

Doedd e ddim yn foi am ddanso fel arfer ond os oedd ei draps i gyd yn llawn a dim byd gwell ganddo i'w wneud, bant ag e. Chauffeur oedd e, ac ond iddo gael arian petrol a dou lemonêd neu bitter shandy (hanner, wrth gwrs), roedd e'n ddigon bodlon ei fyd.

'Ie, Bafi, beth 'sda ti weud, achan? Ti'n fisi?' holodd Rhys yn sych o'i sedd.

'Ff … ff … na, byta 'bach o byfgyf yn y pic-yp o'n i 'na gyd, t'yl … byti ffacin starfo … ti'n edrych yn llwm … alli di ga'l hansh os ti moyn … lot o winwns 'da fi … neud ti fechen, t'yl!' Chwarddodd ar ei jôc ei hun. Codi ei ben wnaeth Rhys, a difaru iddo barcio ei bic-yp mor agos i'r fan fyrgers ym maes parcio'r archfarchnad fach.

'Ble ma hi 'da ti 'de? Smo ni wedi gweld cewc o ddi ers sbel. Ofan 'da ti iddi redeg off 'da fi, oes e?' Chwarddodd gyda llond ceg o fyrger yn slachdar dros ei wên. Bu ond y dim i Rhys gau'r ffenest a gyrru bant. Roedd wedi anghofio pa mor droëdig oedd ambell un o'i hen ffrindiau. Doedd ryfedd iddo anghofio ei wahodd i'r briodas. Fel pob ffrind arall. Doedd e ddim am wahodd eu gwawd na'u cenfigen. Felly ni wahoddodd neb.

'Ie, o's gwahafod 'da ti, 'de? Ma bown o fod gwahafod yn ca'gwaelod 'da ti. E? 'Sdim byd gwaff na gwahafen i facso pof-fa … Twmpathe mowf af y diawl yn cae Mansel, t'yl … bues i wf-ffi am ache … golles i sawl tfap 'fyd, y diawl yn galw 'na yn bofe a tynnu'f ffycyfs mas cyn i fi alw yn pnawn, o'n i'n gwbod beth oedd mla'n 'dag e … hyf … gath e 'i gwbod hi, dim whafe.'

'Ie, ni'n go lew 'co ar hyn o bryd. Credu gadwn ni ddi am ryw fis, ife.'

'Wel, os ti moyn, galla i alw i ga'l pip i ti. Gostiff e

ddim i ti, t'yl. Mates vates, ife. Jyst pipo.' Taniodd Rhys yr injan fel pe bai'n ceisio dweud: cer, cyn af i dros dy ben di. Ond symudodd Bafi ddim. Teneuodd amynedd Rhys ymhellach.

'O, 'na ti 'de. Alwa i w'ffnos nesa 'de.' Suddodd ei ddannedd eilwaith i'r byrger a diawlo wrth weld y winwns yn llithro o'i afael. 'Bachan jiawl, wff … 'na lwc, tŵ second fŵl, yntyfe.' Llyodd hwy o'i got law, a synnu o weld Rhys mor ddywedwst.

Syched

Doedd dim sôn am Rhys o hyd. Dim sôn amdano ers dwy awr. Roedd y tŷ fel pe bai wedi dechrau ymlacio. Clapo ei lygaid wrth y tân oedd Morgan, yn falch o gael llonydd. Cwympodd y cylchgrawn *Profi* oddi ar ei lin a sylwodd yn sydyn ei bod hi yn ei wylio. Safai ar bwys y seld. Gwenodd.

'Jiw, jiw, Han fach … I must have nodded off. What time is it?'

'It's nearly 10.' Roedd y ddau yn hen gyfarwydd â chwmni ei gilydd erbyn hyn, ac roedd y rhyddhad o beidio gorfod dioddef cwmni Rhys yn gwlwm rhwng y ddau.

'You turn the telly on if you want. I'll be off to bed now. Only rubbish on the box. No good.' Atebodd Han ddim. Eisteddodd hi gyferbyn ag e gan nodio at y llun ar y seld. Teulu, meddyliodd Morgan. Y gwanwyn gore. Cyn i'r haul losgi twll ym mhob peth. Roedd ganddi hithau deulu hefyd, a phwy fynnai fyw hebddynt? Cododd gan bwyll bach i agor drâr ganol y seld. Ymestynnodd am yr allwedd fach a'i throi'n ofalus. Twriodd o dan yr hen bapurau oedd ynddi ac estyn iPad ail-law iddi.

'Look, it's second hand, got it off a friend down in the village … You can have it if you want. Might be nice to say hello to your family … your friends. Hide it here, look. No need to tell him about it, is there?' Syllodd hithau arno fel pe bai newydd dderbyn allwedd i'w charchar. Gwenodd. Goleuodd ei hwyneb tlws.

Ailgydiodd Morgan yn ei gwsg ar y soffa gan adael Han yn y parlwr yn parablu 'da rhyw ffrind neu'i gilydd.

Roedd bys mawr y cloc yn tynnu at un y bore erbyn i Morgan deimlo'r oerfel. Y tân bach yn grat wedi hen ddiffodd. Peth braf fyddai bod wedi cael merch. Rhywun i wrando a gofalu amdano. Rhywun â 'bach o amynedd a theimlad. Fuodd Rhys ddim yn un am eistedd wrth y tân a chloncan erioed, ac efallai mai ei fai ef oedd hynny. Doedd ei fagu ar ei ben ei hun ddim yn un o lwyddiannau mawr ei fywyd, gwyddai hynny. Gallai arian brynu popeth ond llonydd i'w gydwybod. Claddu ei ben a'i deimladau oedd ei hanes ef erioed, fel pob dyn. Ac roedd Rhys, wel … Anodd oedd ffrwyno ceffyl oedd wedi arfer bod yn rhydd.

Doedd dim iws taflu plocyn arall ar ben y tân. Man a man mynd am y ca' sgwâr. Cododd ar ei draed a syllu arni'n dadol wrth ddrws y parlwr. Disgynnodd cudyn o'i gwallt dros ei llygad a holodd e,

'You like it? Does it work? Is it any good?'

'Yes, my friend she is well and I'm happy to speak … she is also married like me … she has baby. Baby boy.'

'Jiw, jiw, very good.' Twriodd ym mhoced ei drowser a phasio allwedd fach y seld iddi. 'Keep it safe.'

Cyfarth Jet y ci oedd y rhybudd cyntaf. Cyfarthiad dyn dieithr ar y clos. Ymestynnodd Morgan ei wddf drwy grac y llenni a rhythu i weld pwy oedd perchennog y golau mawr. Gwelodd Rhys yn goesau i gyd wrth geisio dod o gefn y car. Roedd hwnnw wedi yfed mwy na'i siâr ddwywaith.

Ers y digwyddiad gyda Han ac ers i Morgan addo

na châi Rhys damaid yn ei ewyllys os codai flaen ei fys ar Han unwaith eto, roedd Rhys wedi treulio mwy o amser nag arfer yn y clwb rygbi. Doedd gan Morgan fawr o stumog at y diawl ers hynny, ond feiddiai e ddim â dangos yr hewl iddo. Roedd y ddau yn ddibynnol ar ei gilydd, er gwaethaf popeth. A'r cwlwm rhyngddynt yn ddigon i'w crogi.

Gwrandawodd Morgan y tu ôl i'r llenni.

'Jiolch i ti, Mati fach. Gwd gyrl. Ffaaac a sori am fod yn sic. Wff … blydi pasti 'na o'dd e, shw'od. Mochyn yn gwasgu, t'yl. Ffac, na … Yr hen foi? Hwnnw'n cysgu'n sownd … werth mo'r shit ar ôl naw. March bach ifanc sydd ise arnat ti, dim ryw hen geffyl broc o mart Llanybydder.' Clywodd y chwerthin, ond ni chlywodd ei hateb.

Caeodd y drws â chlep a rhwyfo ei ffordd yn ddall am ddrws y ffrynt. Arhosodd wrth weld pot blodyn. Pot blodyn yn llawn daffodils. Hi madam, siŵr o fod, meddyliodd.

'Blydi rybish!'

Wrth agor y drws, sylwodd Morgan ar y diferynion olaf yn boddi'r blodau. Caeodd Rhys ei gopish a gwên ar ei wyneb.

'Golwg sychedig arnyn nhw!!!'

Nadodd y tap dŵr oer wrth ddrws y bac a Rhys yn ceisio sobri. Mentrodd Morgan yn nhraed ei slipers dros wlybaniaeth y clos i'r car. Plygodd ei ben drwy ffenest Mati. Mwgodd hithau ei hymateb.

'Yr unig ffordd i fi gael e mas o'r bar. Fuodd e'n ymladd gyda Bil. Moyn hyfed y lle 'co'n sych!'

'Wel diolch i ti am ddod ag e 'nôl.' Safodd y mwg

rhyngddynt fel atgof am eiliad neu ddwy, a mentrodd Morgan ofyn, 'Oes amser 'da ti am de neu rywbeth?'

'Ffac, na. Bown o fynd. Galw fory. Fe Bil sy in charge … falle fydd dim clincen ar ôl yn til os na af i glou.'

'Ie, ie, popeth yn iawn. Cer di, wela i di fory ar ôl mart, falle. Diolch i ti 'to am ddod â fe Mwrc 'nôl yn saff.'

'Ie, ma fe'n dechre mynd yn broblem iddo fe, weden i. Cofia, fi wastad yn falch o weld y teip 'ny 'co. Ma syched yn talu. Ond wel … dyle fe sorto'i hunan mas neu falle neith rhywun e drosto ge. 'Bach o bell-end yw e, er bod e'n fab i ti!' Chwarddodd Morgan yn drist wrtho'i hun a gwyddai nad oedd hi'n dweud yr un gair o gelwydd. Cododd ei law arni a throi am y drws. Bu'n hir cyn cysgu eto.

Dydd Mercher

Mae Manon yn gweud gelen nhw ddim hawl i fabwysiadu ynta, gan fod Neurin yn rhy hen; weithie fe byth ... Fe wedodd Dat ddigon wrthi cyn iddi feddwl am ei briodi fe. 'Priodi dyn ddwywaith dy oedran di no gwd, t'yl!'

Ond un ddof fuodd Manon erio'd. Adre gyda Dat yn ffermio a glanhau tan fod pawb yn synnu pan ddaeth sôn ei bod hi'n caru. Cwmni mowr i Dat tan iddo farw.

O'dd Neurin yn fachan smart flynydde 'nôl. Dod i'r clos mewn cot deidi a Land Rover newydd sbon a phob diawl arall y ddiolchgar o gael berchen fan. Pawb yn meddwl bod arian 'dag e. Fe gwrsodd e ddigon. Galw draw am de prynhawn a rhyw esgus hôl oen swci yn ddiddiwedd. Rhyw shigyn o ffarm ar rent – 'na i gyd o'dd 'da'r diawl er gwaethaf ei feddwl mowr. Poeni Dat wedyn am gael menthyg cymysgwr simént a Dat yn dawel grac wrth gael e 'nôl heb ei olchi. Gweud ei fod e'n lico'i llais hi wedyn, canu ei chlodydd hi i'r hen foi, a gweud alle fe helpu'n net ar y ffarm tase popeth yn mynd yn ormod i'r ddou. Oedd chwant arno fe brynu tractor, wrth gwrs, a bydde fe'n ddigon bodlon menthyg honno i Dat tase raid.

Fuodd e ddim yn hir yn anghofio am helpu ar ôl i Dat farw'n ddisymwth, a mewn â fe'n handi fel ci adeg tarane i gadw cwmni i Manon. Rhag ofan fydde rhyw racs yn dod i ddwgyd, yndyfe, a dim un dyn ar y clos.

Glywes i ddim o Manon yn canu wedyn, a dim ond Morgan a fi gath fynd i'r briodas.

Ddylen i fod wedi gweud wrthi shwt un oedd e … O'dd rhyw hanes amdano fe. Fe a'i frawd. Dou gecryn … ymladd yn tafarne rownd abowt pan o'n nhw'n ifanc a doedd byth hanes amdano gydag unrhyw fenyw'n hir … Ond un ddigon stwbwrn oedd Manon hefyd, er gwaetha beth wede rhywun wrthi i'w helpu.

O'dd hi'n meddwl ei bod hi'n lwcus. Lwcus ofnadwy o fod wedi cael ei dewis i'w briodi fe. Manon fach, wedes i wrthi sawl gwaith. Fe *ddyle feddwl fod e'n lwcus, dim ti.*
Beth o'n i moyn gweud wrthi o'dd mai ar ôl y ffarm o'dd e … Beth ma'n nhw'n weud am ffansïo'r twlc a dim y mochyn? Ond cas fydden i fanna. 'Sdim iws ypseto Manon. Fuodd hi'n dda 'da fi pan o'dd ei heisie hi arna i.

Manon yn gweud mai Neurin sydd am drial eto, am eu babi eu hunain. Ond iddi gymryd mwy o ofal ohoni ei hun y tro 'ma, fe fydd popeth yn iawn. Popeth werth e yn y diwedd. Popeth yn gorfod bod am fod Neurin yn moyn ac am fod Neurin yn gweud. Fe wedes wrthi am weithio llai, am weud wrtho ge i sgwaro bach o'r baich a gwneud pethe'n rhwyddach iddi. Pwy ddisgwyl i fenyw feichiog gario bwyd a dŵr i'r gwartheg, a whilo gwaith tra ei fod e'n twlu 'i din yn mart o fore gwyn tan nos? Dim ond hala 'bach sydd eisie ac fydde pethe'n rhwyddach o lawer arni. Fe wedes fydde Morgan yn falch o ga'l dod i helpu, ond clymu lan yn gwlwm i gyd wnaeth hi wedyn a mynnu fy mod i'n addo cadw draw ac i beidio mentro gweud gair. Fe addawes a throi llygad ddall ar ei hannibenod hi, am fod digon o drangwns 'da fi'n hunan.

Colli

Agorodd Nel y drws yn dawel ddi-sŵn. Roedd hyd yn oed y glicied yn parchu'r tawelwch. Safodd hi'n ddeg mlwydd mewn trowser pyjamas a chrys-T wedi hen golli ei liw. Allai hi ddim deall pam nad oedd y babi wedi cael dod adre gyda'i mam. Ei brawd bach.

'Mam? Mam? Chi'n cysgu? Chi wedi blino, Mam? Odych chi'n ca'l dolur?' Symudodd yn agosach at y garthen goch a du a chefn ei mam yn grwm odani. Fe'i clywodd yn crio. Syllodd y ddwy ar ei gilydd, a'r fam yn mesur ei methiant yn llygaid y ferch. Ei merch hi. Doedd dim iws i Manon gydio yn Nel. Wnâi hynny ddim lles i neb.

'Odych chi'n gwbod ffordd i chwarae chicken a hero, Mam? Fe fuon ni'n chware fe drwy'r pnawn yn 'rysgol.' Trodd y fam ei chefn at yr un fach eto. Beth wyddai hi am fethu? Am fod yn fethiant. Parhaodd y llais yn y pellter.

'Dathlu wedodd Syr. O'dd y bobol bwysig wedi mynd yn bore ac wedi gweud wrth Syr fod e'n neud yffach o gwd job a bod pob un yn haeddu ca'l pnawn rhydd mas ar y ca'. Falle ddaw Miss Evans Blwyddyn 4 'nôl cyn hir, nawr bo nhw wedi mynd. Yr insbectyrs 'na.

'Pan fydda i'n fowr fydda i'n athrawes jyst fel Miss Evans, ond fydda i ddim yn llefen bob dydd a mynd i gwato yn y cwtsh am fod y bois yn "haerllug". Dynnes i lun i chi bore 'ma, Mam. Blode mis Mowrth. Wedodd

Gwern ma 'na beth y'ch chi'n gallu galw daffodils os chi'n moyn … dim ond os chi'n moyn.

'Mam? Pryd fyddwch chi'n dod lawr? Pryd fyddwch chi'n dod? Ma Dad wedi mynd i lampo, fe wnes i swper iddo fe cyn 'ddo fe fynd … Sangwej ham a tomato gyfan ar ochor plat … odych chi'n moyn i fi fynd i hôl squash i chi?' Rhaeadrai dagrau i lawr ei bochau hithau hefyd, a mentrodd holi.

'Gaf i gysgu mewn 'da chi heno, Mam? Os fydda i'n dawel bach fel llygoden. Weda i ddim wrth Dat. Jyst gorwedd yn dawel bach heb gyffro. Mewn fan 'na gyda chi fel fydden i'n neud pan o'n i'n fach fach.

'Chi'n cofio ni'n watsho *Tom and Jerry* mewn 'da'n gilydd o dan y flanced 'na? Chi'n cofio, Mam? Mam? Gwasgen ni mewn fan 'na a chysgu'n sownd tan y bore … chi a fi … dim ffŷs, dim peswch, dim cyffro, dim rhechen, wel, un fach falle … Gaf i, Mam? Gaf i ddod mewn?

'Ma Gwern 'rysgol yn gweud bod e wedi mynd lan at Iesu Grist. 'Ch babi chi, Mam. Pam oedd ise i hwnnw fynd ag e? Ma Mair a Joseff 'dag e … Ni o'dd pia fe, Mam … ni sy pia fe!' Safodd y tawelwch rhyngddynt fel clais.

Ni chlywodd gamau tawel ei thad yn cyrraedd y landin. Ni chlywodd ef yn agor drws yr ystafell wely y tu cefn iddi. Ni chlywodd chwaith ei law yn codi'n ddwrn tan iddo lanio'n grasboeth ar ochr ei hwyneb ifanc. Teimlodd law greulon ei thad yn glanio cyn iddi fedru llyncu ei phoeri yn iawn, a'i eiriau fel pwythau.'Cer! Cer di i dy wely … a gad lonydd i'r gont fenyw 'ma!' Trodd gan wben y glaw a rhedeg am gysur gwag ei gwely ei hun.

Rhwng gap y drws a'r landin, clywodd e'n crasu.

Rhacso teimladau ei mam a'i floeddian yn llanw'r tŷ.

Na! Doedd neb i ddod i'r angladd. Doedd dim angen i neb wybod eu busnes nhw. Syllodd ei mam yn fud, gan wybod mai ym mhen pella'r fynwent mewn bedd dienw y câi'r baban hwn orwedd hefyd. Gyda'i frodyr bach.

Ded shîp

Pan gyrhaeddodd Ned y cae tu ôl i'r tai cyngor, roedd y llofrudd wedi hen ddianc. Clywodd fref oen bach wrth ochr ei fam a'r brain wedi dwgyd ei lygaid. Dilynodd y clawdd yn ei bic-yp i weld faint mwy o fès oedd ar y cae. Fe'u cyfrodd. Chwech farw a dwy'n dal yn gwaedu. Ysgydwodd ei ben. Efallai mai wrth Morgan ddylai ddweud yn gyntaf. Câi hwnnw'r pleser o dorri'r newyddion i'w fab.

Yr eiliad honno canodd ei ffôn. 'It's all ab-out the ba-ss, 'bout the bass, no treble, it's …' Rhys oedd yno, yn mynnu gwybod pam nad oedd wedi dweud wrtho am fusnes y trasho a'r Environment Agency.

'O'n i wedi gweud … o'n i wedi gweud … wedes … wedes … i … fe wedes i amser cinio pw' ddyrnod. Pw' ddyrnod … ie … naddo, onest tw God, onest nawr, na … Na, wedes i ddim shwt beth wrthi … n-nnaa … Na.' Doedd dim gobaith ganddo. Roedd tafod Rhys fel raser yn torri ar ei draws bob ffordd. Penderfynodd gau ei ben wrth wasgu'r botwm coch yn ddewr. Câi amser i ddifaru, gobeithio. Anfonodd decst. Byddai hynny'n siŵr o gau ei ben:

'Ded shîp … Ca' pentre … ffacin mess … dere glou!' O fewn eiliad roedd y bòs 'nôl ar y ffôn ac roedd y dôn yn dipyn cynhesach nag oedd cynt.

'Beth ti'n feddwl, "ded ship"? Pwy ship?'

Cywirodd Ned ei gamsillafiad. 'Sheep, sheep. Defed.

Mee-mees … Blydi ci'n pentre wedi bod mas 'ma neithwr … mès ar yffarn!'

Llyncodd Rhys ei eiriau a chwythu anadl hir drwy ei fochau heb eu siafo. 'Mam fach. Mam fach. Beth nesa? Reit, fydda i 'da ti nawr.' Erbyn i Rhys gyrraedd, roedd Ned wedi llwyddo i gladdu hanner Mars bar a dau bacyn o grisps. Clywodd gornad gas wrth y gât a deall ei bod yn bryd iddo neidio allan. Agorodd y gât yn ddisymwth a thynnu ei draed i mewn cyn i Rhys fynd drostynt.

'Ffacin hel, agor y blydi gât 'na, nei di!'

'Ie, 'bach o fès 'ma … lan top ca'… duw ŵyr beth sy wedi bod wrthi.'

'Jwmp mewn, 'de, a paid cymryd drwy'r dydd. Blydi defed waste of time … buy a sheep, buy a spade.' Wrth iddo agosáu at ben uchaf y cae, gwelodd Rhys yr annibendod. Tynnodd yr handbrec hyd y bôn a neidio o'r Land Rover cyn diffodd yr injan.

'Ffor ffac sêc, achan! Be sy'n bod ar bobol na gadwan nhw eu cŵn mas o'n ffacin ga' i? 'Drych! 'Drych ar 'u golwg nhw! Dere mas i helpu, 'de!' gwaeddodd Rhys, wrth weld nad oedd Ned wedi symud o'i sedd.

'Ie, ie wrth gwrs 'ny … on my way. Be ti moyn i fi neud?'

'Ti'n dwp ne' be? Be ti'n disgwyl neud? Rhoi kiss o' life iddyn nhw? Hwp nhw'n bac a siapa hi i ddala'r rhacs 'co, i ni gael mynd gartre o ffordd … What a day.' Dilynodd Rhys y praidd i gornel y cae yn ei Land Rover. Edrychodd i weld pwy siâp oedd ar Ned fel ci defaid. Dim. Safai yn y fan a'r lle fel bwgan brain yn chwarae ar ei ffôn.

'Beth sy mla'n 'da ti nawr? Dere mla'n â nhw. Cwrsa,

achan. Pwy sefyll yng nghanol ca' â bys yn ben wyt ti? Hy?'

'Ie, ie – meddwl pwy ffordd o't ti'n mynd o'n i, ddim yn moyn i ti fwrw fi lawr, ife.'

'Reit, wasga i nhw draw i gornel ca', a dere di lan 'da fi, wedyn cydia … dere mla'n … cydia ynddi … yffach … o'dd hi 'da ni fan 'na … cydia fel 'se whant arnat ti, achan … Mowredd, mae hi wedi esgepo nawr, yn'd yw hi! Ti werth dim. Cer o'r ffordd, cer o'r ffordd!' Ailgrynhodd Rhys y defaid ddwy, dair, bedair gwaith, ac ar ôl bygwth Ned ganwaith yn ei natur, cafwyd y defaid clwyfedig yn ddiogel i gefn y Land Rover.

Dydd Iau

Pwy ddathlu wnewn ni? Fe wedodd Morgan allen i fod wedi neud cacen iddo fe … Gweud heb feddwl o'dd e, fi'n gwbod 'ny. Ond cwca o'dd y peth dwetha o ni'n moyn neud.

Fe alwodd Shân drws nesa â charden a phumpunt ynddi iddo fe, Rhys. Fe wedodd diolch a gweud â'r un ana'l bo neb arall wedi cofio … Codi gas arna i 'to.

'Ti'n rhy hen i barti nawr,' wedodd Morgan. 'Jiw jiw achan …' Achub fy nghroen i oedd e mewn gwirionedd.

Ond iste fan 'na â llyged dyn drwg wnaeth e drwy'r pnawn. Hithe Shân yn tin-droi fel hen iâr ar clos. Beth ddiawl o'dd ise iddi alw o gwbwl? Hen fusnes o'dd arni. Wastad â'i thrwyn man lle nagoes ise fe. Mynd mla'n a mla'n o'dd hi bod John 'da hi wedi ca'l mynd i Langrannog. A bod John 'da hi wedi cael quad bike newydd a bod John 'da hi wedi cael 78% yn ei brawf a bod John 'da hi wedi dysgu sychu'i din 'i hunan …

'Hwrê ffacin John,' wedes i wrthi yn diwedd. Gath hwnna ei gwared hi. Hen ast. Dod ffordd hyn i godi crachen a Morgan wedyn yn sefyll fan 'na yn portsh yn gweud sori ar fy rhan i …

Gath ynte 'i gwbod hi pan weles i gefen Shân.

'Do's dim ise neb arna i i ymddiheuro … Pwy ise ymddiheuro o'dd? Hi o'dd ar fai … dod ffordd hyn i fragan bod 'i phlant hi yn neud yn dda yn 'rysgol a bod holides yn Spain wedi costi cyment fwy na llynedd. A finne'n gweud

wrthi yn diwedd bo fi ffili mynd ar wylie … leni … fel llynedd a'r flwyddyn cyn 'ny … a'r flwyddyn cyn 'ny wedyn … Dyw mynd a gadael plentyn bach ar ôl ddim 'run peth rywsut …

Twt-twtian wnaeth hi wedyn …

'Teimlo drostot ti …' â hen wyneb salw a'i chops hi'n troi am lawr fel 'se 'ddi'n deall. On i'n moyn gweud wrthi i gau 'i phen … pwy ddod ffordd hyn ac esgus galaru. Dwyt ti ddim yn deall dim, yr hen ast gas! Deall dim! Dim ond esgus … ti a phob diawl arall …

Fe es i cwpwrth ar ôl iddi fynd a chael gafael mewn torth o ginger cake oedd 'na ers oes Adda. Fe dwles honno ato ge a gweud wrtho i fyta llond 'i wala. Hwp dy blydi gacen ben-blwydd yn dy shilfoch.

Fi oedd ar fai fan 'na, fi'n gwbod 'ny … Fe wedes i sori wrtho ge … ond roedd hi'n rhy hwyr erbyn 'ny.

Y blodau ar y bedd

Tynnodd Morgan ei Land Rover dros y pafin. Doedd parcio ar gornel fyth yn syniad da. Gwell codi'r hambrec ynta, meddyliodd, cyn twco ei gap cynnes yn dynn dros ei glustiau. Angladd dawel oedd hi. Angladd dawel. Strictly private. Nid dyna fyddai hi wedi'i ddymuno. Ond fel 'na fuodd hi, am nad ef aeth gyntaf.

Dros glawdd y fynwent fe'i gwelodd. Corgi'r tŷ capel yn sgathru ei fusnes dros y gripell. Ych! Gas ganddo gŵn bach naturus, yn enwedig un oedd wedi anghofio ei fanyrs. Aeth heibio'r gât fach a arweiniai at lwybr y bedd. Dangos ei ddannedd wnaeth y llygoden sinsir â'r 'Cornelius' yn gylch am ei wddf.

'Cer o 'ma'r cachwr bach,' poerodd yn gryg – cyn codi ei olygon i weld Margaret, fawr, fronnog, y perchennog, yn rhythu'n gas tu ôl i gulni'r drêps. Esgusodd nad oedd wedi ei gweld. Rhwyddach fel 'ny.

Dod i weld y blodau wnaeth e. Doedd e ddim yn foi blodau. Dyna pam nad oedd dim ond carreg ddu ar ei phen hi. Dim ond pwdru fydden nhw'n neud. Man a man iddo gadw'i arian. Ond drws nesa, ar ei ben ef, roedd dyrnaid o ddaffodils wedi eu clymu i bot jam. A chorden fach denau wedi ei phlethu rownd yr ymyl. Pwy ddiawl fydde wedi ffwdanu, meddyliodd. Carreg oer oedd ganddo yntau hefyd. Dim ond ei bod hi'n garreg lai. Lot llai. Plygodd ar ei gwrcwd i weld a oedd carden. Doedd dim un. Eisteddodd am funud ar y garreg oer a thynnu ei gapan gwlanog i frwcso ei wallt. Tynnodd anadl ddofn. Dal i gnoi oedd ei gydwybod yntau, ond fuodd e erioed yn ddigon dewr i wneud dim yn ei gylch.

Roedd llwydrew'r bore yn dal i gydio, a phlannodd ei ddwylo creithiog yn araf i'w bocedi. Sylwodd ar y twll yn y boced chwith. Bu yno ers sawl blwyddyn a'r siafins gwellt a gwair a dwy stapal yn pocro drwyddynt.

Prynu ei garden loteri oedd e pan ddaeth Dai Blydihel a'i wep i ddweud ei fod e wedi 'sylwi ar y blode'. Chwilio am glonc oedd e Dai. Newydd golli ei fam y mis cynt. Hwnnw'n hensyn heb briodi a dim byd gwell i'w wneud na gosod blodau newydd cyn i'r hen rai wywo.

'Pwy flode?' holodd Morgan yn ddiniwed dwp.

'Y blode bachan, jiawl ... ar fedde teulu chi.' Safodd y geiriau fel carreg yn stumog Morgan. Fe, Galar, yn mynnu galw heibio bob tro byddai'n llwyddo i esgus anghofio. Wedi'r holl flynyddoedd. Fe oedd y meistr o hyd!

'Sylwi ar y blode, men yffarn i!' Ysgydwodd ei ben gan deimlo'r oerfel yn rhewi drwy ei drowser. Edrychodd eilwaith ar y blodau. Roedd fel petai rhyw ysbryd wedi mynd heibio a'u gadael nhw 'na. Darllenodd y tair oed ar y garreg noeth gan ailhollti'r hen graith.

'Tair oed. 'Machgen bach i.' Carthodd ei wddf. ''Set ti ond wedi cael byw,' ystyriodd, 'falle fydde ddim ise bedd heb flode fan hyn chwaith.' Sychodd y lleithder oddi ar lythrennau aur enw ei wraig cyn carthu ei wddf unwaith eto ac ailosod ei gapan am ei ben.

Ym mhen pella'r fynwent sylwodd ar Bethan Davies, yn ddou blyg a phlet yn sychu carreg fedd ei chwaer. Bethan a'i mwffler a blaen ei thrwyn fel hen dap.

Meddyliodd fynd i gael clonc disymwth. Un ddigon neis oedd Gwen. Ond ych! Na! Doedd dim lot o chwant arno wrando ar gleber wast.

Trodd am y Land Rover a gobeithio na fyddai hithau ddim yn sylwi ei fod yno chwaith.

Enillodd bunt.

Student by day. Vixen by night.

Melynai'r golau stryd dros y seit o dai cyngor. Pob un â'i loeren barchus fel ceidwad y goleudy yn dofi'r dyfroedd o denantiaid terfysglyd.

'Living the dream, babes bach … living the dream!' meddai Ned yn uwch na'r disgwyl. Ond gan mai ond ef oedd yn y car, doedd dim llawer o ots. Am gwarter i wyth glaniodd yr Escort Mark 2 â'r cherry bomber ar ei gwt yn canu bariton dros y seit. Canodd y corn. Ble ddiawl oedd y fenyw 'ma, gwedwch? Bob amser ar ôl. Fentrai ddim mynd i'r tŷ rhag ofn. Dim ar ôl y tro diwethaf.

Doedd Ned ddim y gŵr mwyaf bonheddig, roedd hynny'n wir. Ond wel; roedd Nerys yn ddigon hen i wybod ei meddwl ei hunan erbyn hyn, glei! Er, nid fel hynny roedd ei thad yn gweld pethau. Halodd e neges sionc ar ei ffôn:

'*Ble wyt ti, babes?? Xxxxxxxxxxxxxx.* 'Bach yn sad I know, ond wel, os wyt ti'n disgw'l ca'l, ma'n nhw'n disgw'l bo ti'n rhoi!! Ain't that the truth.' … Send.

Siarad â'i hunan oedd Ned pan welodd ddrws y ffrynt yn agor a'r clorwth tad yn sefyll ynddo fel gorila mewn gât.

'Ffacsêc … beth ma hwn yn moyn nawr?' sibrydodd wrtho'i hunan. Y peth gwaethaf am ferched neis oedd bod eu tadau yn hen gachwrs dan-din â diddordeb mawr mewn dyrnu bechgyn bach cocwyllt. Teimlodd Ned ei galon yn curo lot rhy gyflym a gwasgodd y clo ar y drws rhag ofn. Doedd dim sôn am Nerys Myfanwy. Efallai iddi gael ei chloi yn ei hystafell. Efallai iddi gael ei symud i fyw mewn ogof.

Trwy ryw ryfedd wyrth pwy ddaeth drwy'r drws ar yr eiliad dyngedfennol honno, yr eiliad y bu ond y dim iddo danio'r injan a'i gosod mewn gêr yn go handi, ond Nerys Myfanwy. Student by day. Vixen by night.

'Ding-dong, helô, blodyn.' Parhaodd ei thad i rythu'n dawel arno o'r ffframyn drws a golau melyn y cyntedd fel seren o'i amgylch.

'Agor y drws 'ma 'de. Beth sy'n bod arnat ti? Ti ofan neu rywbeth? Jîiiis, agor y blydi drws 'ma nei di? Twat!' sgrechiodd drwy ei gwefusau coch.

'Ie, sori, bach! Mistêc. 'Letrics 'ma yn dechre ffeili t'yl! Dere mewn, dere mewn … glou … gwres yn mynd mas, t'yl!' Cododd ei law'n ddihyder wrth i'r car bach chwyrnu ei ffordd heibio i Mwffasa yn y drws. Cododd hwnnw un llygad a hanner ei wefus i ddangos ei ddiffyg hoffter.

'Ie, ti'n ok, babes? Beth sy'n bod ar dy dad, gwed? Golwg fach od arno ge!'

'Na, fel 'na ma Dad. Ma 'i galon e'n y man iawn. Jyst watsho mas amdana i, 'na i gyd!'

'O! Reit.'

'Ddylet ti fod wedi dod mewn, bydde Mam wedi joio gweld ti.'

'Ha, ie, falle ddylen ni. Ond o'dd dy dad yn edrych 'bach yn savage a dweud y lleiaf.'

'Ti'n meddwl? Hmm, falle. Wel ar ôl iddo fe ga'l y strôc, symo ei wyneb e'n gweithio cystel!'

'Strôc? Shit, o'n i ddim yn gwbod.'

'Na. So fe'n lico pobol newydd. Ma'n nhw'n hala fe'n

uptight i gyd. O'dd e'n arfer bod yn focsyr. Cage fighting mwy na dim, ond ma fe'n hen nawr. Paid becso, dwtshith e ddim â ti. Dim os nagwyt ti'n haeddu fe … ond at least ma fighting chance gyda ti nawr, t'yl!' Llyncodd Ned yn galed a bu ond y dim iddo daro rhech yn y fan a'r lle. Agorodd y ffenest a phenderfynu peidio hastu pethau o hyn ymlaen. Gwell callio a pharchu, a dangos ei hun yn ŵr bonheddig, didwyll, diffuant, diogel … diflas. Roedd e'n hoff iawn o'r blew llygoden a dyfai fel barf a fyddai ei wyneb ddim yr un peth heb drwyn.

Y perygl oedd ei bod hi, Nerys annwyl, ferch ei thad, yn wyllt. Dyna oedd yr apêl, wrth gwrs. A doedd hi ddim yn un i wrando, yn enwedig os oedd rhywun wedi dweud wrthi am beidio gwneud rhywbeth. Cyn i'r car droi'r tro, bron, teimlodd Ned ei llaw dyner yn araf ymestyn amdano. Beth oedd yn bod ar ferched ifanc dyddie 'ma, meddyliodd, a diolchodd wrth weld pen hewl dawel ar y dde. Doedd obaith iddo wneud dau beth yr un pryd. Doedd e ond yn ddyn. Gwelodd wyneb Mwffasa fel ôl-fflachiad cas yn nrych ei feddwl a mentrodd.

'Falle ddylen ni … falle ddylen ni slow-ow-ow-ooooo pethe … sai mo-o-o-yn i dy da-a-a-ad feddwl bo fi'n hen gi-i-i …' Doedd Nerys Myfanwy ddim yn un i siarad a'i cheg yn llawn.

'Ffa-a-a-aaaaaaa-c sêc, groten, gronda. Gaaa-a-ad gad hi nawr ife … gewn ni … o, bois bach … gewn ni … CHIPS … chips a sosej i swww-per a-a-a-a ffac ti'n gwd … blydi hel … pw-hwww … mowredd … iep. Iep, gwd gyrl fan 'na nawr … Iep, whhhhhhhwwwwwwwww … iaaaassuuuu … ffff! Wow ggyyyrl! Grêt! Grêt … Ffacin grêt!'

Eisteddodd Nerys Myfanwy annwyl, dyner i fyny â gwên foddhaus ar ei hwyneb.

Quality bird, meddyliodd Ned yn ddiolchgar. Wife material, 'sdim dou. Roedd ei bengliniau bach yn dal i grynu yn ei drowser tynnu merched.

'... werth dim byd i fagu wrthi!'

Sefyll wrth y ffenest roedd Nel a Manon, ei mam; newydd orffen tynnu dwst o amgylch y tŷ. Roedd hi'n wyliau'r haf.

'Ma Glesni yn yr ysgol yn perthyn i bob un. Pedwar brawd gyda'i mam a tri gyda'i thad. Wedodd hi bod 'na yn meddwl bod cousin gyda hi ym mhob blwyddyn pan eith hi i'r ysgol fowr. Peth od bod gyda hi gymaint a finne ddim un.'

'Lwcus yw 'ny,' meddai ei mam. 'Fydd dim ise i ti orfod shario gyda neb byth.' Doedd dim cysur yn hynny. Pwy werth oedd mewn chwarae siop a neb i brynu dim? Neu hwpo doli rownd clos mewn hen bram hen ffasiwn a dim ond y gath yn gwmni?

'Peth od bod neb yn teulu ni ond chi, fi a Dat ac Yncl Dai, brawd Dat.' Gwelodd ei thad yn dod drwy'r gât yng nghae'r fron ddu a sylwodd ar ei gerddediad. Gallai ei adnabod o bell. Hen ddyn byr. Byrrach na'i mam mewn high heels, meddyliodd. Er na welodd hi mo rheini am ei thraed ers priodas Bet drws nesaf haf llynedd.

Chwarddodd Nel wrth gofio Gwern yn yr ysgol yn siarad am ddynion byr fel teriers. Ei fam oedd wedi gweud wrtho, glei. Mwy o natur na hyd yn y goes. Fentrodd hi ddim cyfaddef wrtho ei fod yn reit.

Roedd y gât wedi pallu agor. Y baryn arni wedi hen styffáu fel ei goesau yntau a'r postyn pren wedi pydru drwyddo. Y peth nesaf welodd hi oedd ei sgidiau hoelion yn cicio'r gât yn ddidrugaredd tan i'r postyn pren gael digon a gadael i'r gât ddisgyn ar ei goes.

Galwodd ar ei mam, oedd newydd ddod o hyd i bacyn gwag o barasetamols a dwy hosan o bob pâr o dan gwely. Safodd y ddwy yn chwerthin am ei ben. Doedd hynny ddim yn digwydd rhyw lawer. Braf hefyd oedd ei weld ef yn doluro. Chwerthin a llefain fu eu hanes ers blynyddoedd bellach, meddyliodd Manon wrthi'i hun.

'Dere, siapa hi glou, rhag ofan iddo fe ddod mewn a'n gweld ni'n dwy'n wherthin am ei ben e.'

'Mwlsyn diawl,' chwarddodd Nel, cyn sobri wrth weld bys rhybuddiol ei mam yn crynu o flaen ei dwrn.

'Gofala di beidio gadael iddo fe dy glywed di'n gweud 'na.' Safodd y rhybudd rhwng y ddwy gan dawelu'r chwerthin unwaith yn rhagor. 'Hwr e, mwstra. Gafael yn y dillad gwely 'na glou, a rho sgwydwad fach sionc iddyn nhw. Gewn nhw fod am heddi, gewn ni stripo gwely wythnos nesa rhag ofan fydd hwn yn moyn i fi fynd ag e at y doctor neu rywbeth.'

Llusgodd ei thad ei hun i ddrws y bac. Roedd ei dymer wedi ei naddu ar ei wyneb a'r llygaid tywyll yn gynddeiriog. Eisteddodd yn ei gadair ar bwys y tân a rhowlio gwaelod ei drowser gwaith yn boenus dros ei ben-glin. Sugnodd yr aer drwy ei ddannedd a mygodd y boen.

'Ffacin gont fuwch 'na. Ges i blydi gic!' Syllodd y ddwy yn sydyn ar ei gilydd heb ddangos dim am y ddrama welwyd drwy'r ffenest lofft.

'Pwy fuwch nawr Neurin?' holodd Manon yn bwyllog. Rhythodd yntau arni fel pe bai'n mesur a oedd gwawd yn ei geiriau.

'Yr un newydd 'na ... jipen fach slei ... tsieco ei chader hi o'n i ... a diawl erioed, ges i gic ar yffarn reit fan 'na, reit ar yr asgwrn!'

'Chi'n lwcus, Dat,' mentrodd Nel, cyn i lygaid miniog ei mam droi'n sydyn i'w chyfeiriad.

'Beth wyt ti'n feddwl, "lwcus"?' poerodd yntau a'r boen wedi'i naddu ar ei dalcen.

'Wel, lwcus eich bo chi heb ga'l cic yn eich pen ... yn enwedig os o'ch chi'n sefyll tu ôl iddi!' Culhaodd ei lygaid a neidio'n amheus o un wyneb i'r llall. Rhwbiodd ei goes yn gynddeiriog. Cyn iddo gael amser i gnoi, gafaelodd y fam yng ngwar y ferch fentrus a'i harwain i'r gegin fach. Doedd dim iws chwarae gyda thân, dim ond llosgi allai wneud.

'Cer i hôl badell o ddŵr o'r wash up iddo fe, Nel fach, a phaid cymryd drwy'r dydd. Peth cas yw cic, yndyfe Neurin?'

'Beth wyt ti wbod, gwed? Gest ti ddim lot o ddolur erio'd ... eistedd yn tŷ yn magu bola fuest ti erio'd. 'Drych ar dy ra'n di! Nethe fe fyd o les i tithe fod mas o fore gwyn tan nos. Dilyn di fi am ddyrnod, gwd gyrl, gei di weld ti'n colli dy wedd.' Tynnodd ei gap fflat oddi ar ei dalcen a pharhau i rwbio ei goes esgyrnog. Doedd fawr o niwed iddi mewn gwirionedd, ond doedd dim taw ar ei regi a'i rwygo.

'Wel, 'na fe, falle fydda i ffili cerdded am 'byn bach. Hen bryd i chi'ch dwy ddysgu gweithio. Fi sydd yn eich cadw chi. Alla inne eistedd yn tŷ am orie nawr, yn neud lled fy nhin ddwywaith.' Yng nghanol ei daranu, daeth Nel â phadellaid o ddŵr a chlwtyn bleach yn barod i'w thad. Byrlymodd y drewdod dros y gegin. Sgathrodd ei mam ati i geisio newid y clwtyn bleach am dowel sychu llestri, ond roedd stwbwrnen yn Nel a mynnodd fynd â'r clwtyn draw at y tarw yn y gornel. Er gwaethaf ymdrechion ei mam, ymlaen yr aeth Nel, gan osod y badell yn ofalus wrth droed-heb-hosan ei thad.

'Dere,' galwodd ei mam. 'Ma ise rhoi'r cŵn bach i sugno … fyddwn ni ddim yn hir. Dere, Nel.' Gadael llonydd oedd orau pan oedd yr hwyl yn wael, ac allan â nhw'n dawel i sièd y cŵn. Wrth iddynt adael, clywodd ei eiriau fel cyllell.

'Hy! Hen un arall sydd werth dim byd i fagu wrthi!' Cnodd hithau ei gwefus a chau'r drws yn dawel ar ei hôl.

Bu'n baddo am rai munudau cyn iddo sylwi, ac yna clywyd y rheg.

'Groten ddiawl! Merch 'i mam yw hi 'fyd!' Plygodd y ddwy wrth wâl yr ast ddefaid a'r lamp infra red yn gynnes o'u blaen.

'Paid ti pwsho dy lwc, Nel fach,' rhybuddiodd ei mam. 'Hen gi lladd defed yw dy dad, cofia. Ddysgith e fyth!' Gafaelodd Nel yn y ci bach lleiaf a'i osod yn lle'r bolgi mwyaf. Gwyliodd ef yn sugno'n slafaidd a'i lygaid dall yn gweld dim ond ei fam.

Chwarddodd yn dawel wrth benlinio ger gwâl yr ast ddefaid a'i thorred o bump, cyn dweud, 'Ddim tan i rywun dynnu ei ddannedd e 'no.' Chwarddodd hithau'r fam hefyd, fel pe bai'n holi lle ddiawl gafodd Nel y dewrder i herio lle'r oedd hithau wedi gorfod derbyn.

'Hen ffrind bach!'

Safodd y ci defaid yn dawel ar ei dennyn llac. Wedi ei glymu o arferiad, nid o reidrwydd. Maen nhw'n gweud bod anifail yn gallu gwynto marwolaeth. Pan fydd cigydd ar y clos yn dod i ladd, mae'r da godro yn gwybod. Maen nhw'n gwynto ofn wrth flasu'r gwaed yn y gwynt. Daw ofn fel cyllell drwy'r aer i wylltu'r cwbwl lot. Bygynad eu hofn, eu cegau'n wyn gan ewyn marw.

Cyn i'r un fwled gael ei saethu na'r un gyllell orffen hogi, gwyddai mai ei dro fe oedd hi heddiw. Nid yr un fuwch na mochyn nac oen.

Cododd Morgan y dryll yn dawel.

'Hen ffrind bach!'

Syllodd. Pwyllodd. Methodd. Gostyngodd y dryll. Trodd ei law'n addfwyn ar ben ei bartner bach. Roedd e'n greulon wrtho. Roedd y canser wedi ei fwyta'n fyw ers misoedd.

Na! Allai e ddim. Eisteddodd ar lawr a'r gwellt glân o dan ei din. Maldododd ei gefen esgyrnog, gan adael i'r dryll orwedd yn gecrus ar ei bwys. Roedd ei ddannedd wedi hen ddiflannu, a'r llaeth a bara wedi sychu'n grimp ar y tun Fray Bentos ar lawr. Gwthiai'r dolur yn belen galed o'i ochr a'i lygaid melyn fel pe baent yn ymbil am ddiwedd.

'Gwd boi, gwd boi.' Datododd y gorden am ei wddf a'i gario'n ofalus i'r tŷ. Gwaeddodd ar Han: 'Go and fetch that box from the storws … quickly now … we'll put him here by the Rayburn. Poor fucker, not long to go.' Gwnaeth hithau fel y dywedodd a charlamu'n dawel ar draws y clos i nôl bocs i osod y ci ynddo. Gafaelodd mewn hen dywel a'i wasgu i'r corneli. Pan ddaeth hi'n ôl, roedd e Morgan yn magu'r hen gi fel pe bai'n magu babi.

'Dere di, gwd boi … gorwedd di nawr.' Gosododd y crud bach ar bwys y tân. Doedd dim iws galw'r fet. Dau ddewis oedd gan hwnnw – ei roi i gysgu neu ei roi i gysgu. Cysgodd ym mreichiau'i feistr a'i ddrewdod yn llenwi'r gegin fach.

'Bonso bach, be ma'n nhw wedi neud i ti, gwed? 'Drych arnat ti gwed, fyddi di'n olreit nawr.' Mae rhyw gysur mewn celwydd. 'Fyddi di'n olreit nawr. Gorwe' di … gorwe' di. Hmm. Beth alli di ga'l 'de, was?' Roedd y tyfiant yn ei fygu o'r tu mewn. Yn ei fwyta'n fyw fel nad oedd awydd dim ar yr hen bartner ond gorwedd a gwylio'r byd yn mynd a'i adael ar ôl.

Taflodd Morgan flocyn ar y tân i weld a fyddai naws gynhesach yn help i'r claf. Heb iddo orfod gofyn, clywodd y tegil yn berwi'n dawel bach yn y llaethdy, a thynnodd ei gap yn ddiamynedd i gosi ei dalcen. Doedd fawr o hwyl siarad arno, a diolchodd nad un i dynnu sgwrs oedd Han chwaith. Eisteddodd ar fraich y stôl a syllu i geg agored y grat.

Meddwl ei bod hi'n disgwyl oedd e. Wnaeth hi ddim cyfaddef wrtho. Gwelodd yr arwyddion droeon. Tawch bwyd yn corddi'r stumog. Rhyw fwyta llygoden fach. Sylwodd Rhys ar ddim. Roedd hwnnw a'i drwyn yn ei ffôn byth a hefyd, yn chwilio bargen fan hyn a fan draw. Doedd dim iws torri gair tra'i fod yn 'meddwl'. Ei osgoi wnaeth Han ers y noswaith gyda'r llun. Methodd Morgan gysgu yn meddwl yn ddiddiwedd am y mab hwnnw ar ei ben ei hun mewn gwlad arall, heb fam na thad i'w gynnal. Fentrai e ddim gofyn mwy, ond eto roedd torraid o gwestiynau yn magu yn ei feddwl. Allai e dalu iddo ddod draw? Allai e dalu iddi fynd adref? Gallai. Ond pwy werth oedd hynny? Peth cas oedd gwybod pris pob dim a gwerth dim byd.

Cariodd Han lond soser o laeth i'r hen gi, a gwyliodd Morgan hi'n dawel wrth iddi ofalu amdano. Mwythodd ei ben yn dyner a'i annog i yfed o'r soser fach. Ac yn yr eiliadau hynny, gallai ddychmygu ei chrwt bach yn rhedeg ar draws y clos ac yntau'n ei ddysgu i blethu cordenni bêls neu i roi llaeth i'r ŵyn swci … Byddai cael cwmni plentyn yn llesol i'w enaid, meddyliodd am eiliad. Ond plentyn dyn arall fyddai e serch hynny. Pwysai ei gydwybod arno gymaint â'i fab yn y fynwent. Ond ni fentrodd ddweud dim wrthi.

Heb yn wybod i'r ddau, safai Rhys yn y drws a gwên ddiserch ar ei wyneb. Chwarddodd.

'Wel, wel … blydi cozy fan hyn 'no … Happy ffacin families 'lei!' Parodd ei chwerthiniad i sychu yn ei wddf. Ni symudodd neb. ''Na beth sy mla'n 'ma pan nadw i biti'r lle, ife?' Tynnodd anadl ddofn drwy ei drwyn a chwarae ei dafod yn ei geg fel pe bai'n cwrso briwsion cnau.

''Se man a man i ti adael i fi roi bwlet yn ben hwnna 'fyd.' Syllodd a'i lygaid yn ddu. 'Werth mo'r shit i neb … fel sawl un biti'r lle 'ma.' Gwylio'r ci yn ei focs o flaen tân wnaeth y ddau arall, heb fentro dweud yr un gair wrth y cecryn yn y drws. Aeth allan gan garthu ei wddf, a gadael i'r poer lanio ar welingtyn ei dad.

Dydd Mawrth

Daw amser torri gwair 'te. Morgan yn gweud bod hi'n addo wythnos go lew. Bydd e'n falch o'i ga'l e mewn o'r ffordd. Wastodd ormod llynedd wrth gael ei ddala rhwng y cawodydd diddiwedd. Next door wedi torri yn barod. Falle mai fory fydd hi 'de.

Y llall wedi dechre rhyw stynts llefen yng nghanol nos. Cadw ni i gyd ar ddihun. Gweiddi enw Ifan yn ddiddiwedd fel 'se fe'n grac 'dag e am foddi. Morgan yn credu mai cysgu mewn gydag e sydd eisie.

Sgydwad gath e 'da fi. Allith e ddim disgwyl i ni gredu bod hiraeth arno ge yn fwy na neb arall. Fe dynnith ei hunan at ei gilydd cyn hir gobeithio.

Ffiles inne fynd 'nôl i gysgu am sbel chwaith. Gweld wyneb Ifan o hyd ac o hyd ... ei law fach e'n oer a finne'n rhy hwyr i'w gyrraedd e mewn pryd.

Esgus cysgu oedd Morgan 'fyd. Esgus er mwyn peidio gorfod cwmpo mas a wynebu pethe. Fe ddaeth y bore yn y diwedd. Hen beth diflas yw aros am hwnnw. Pob un a'i lygaid mewn draw. Fe cwsg heb fod yn agos.

Free to a good home

Gwyntodd Ann y drewdod ymhell cyn ei weld. Yr haul yn crasu drwy'r ffenest agored. Roedd gwanwyn ar y gorwel. Llwythodd y dillad i'r peiriant golchi a llusgodd y wintellaid o ddillad gwely i'r lein. Roedd y lein hyd y dalo'i yn barod, ond tra oedd haul roedd rhaid sychu. Rhegodd o dan ei hanadl. Roedd rhyw dractor difanars wedi chwythu llwyth o ddom cringras dros y caeau tu ôl i'w thŷ, a thra oedd hi'n golchi'r carpedi lan llofft, roedd y dillad glân wedi magu cot o ddrewdod yn barod. Rhegodd eto. Blydi ffarmwrs!

Sylwodd Ned ddim ar yr hen wraig fach â'i dwrn yn yr awyr. Pan fyddwch chi ar hast, does dim byd yn waeth na dilyn tractor. Tractor mawr yn llusgo clorwth o beiriant sgwaru dom.

Caled yw hi, meddyliodd Ned, a'i annwyl gariad Nerys Myfanwy yn eistedd yn sedd y pasinjer. This is the life. Wejen bert yn bownsio'n braf ar ei bwys a llond cab o Tammy Wynette. 'Stand by your ma-a-a-an, give him two arms to cling to …' Sosej a chips i ginio a chan o shandy Bass i siario. (Roedd punt y can yn bunt y can, diolch yn fowr, felly siario oedd raid.) Allai pethau ddim â bod yn well.

Y tu ôl iddo, nadreddai'r rhes o bymtheg car yn ddiawledig o ddiamynedd. Front axel. Fifty k box. TLS. (Triple link axel i chi sydd ddim yn deall digon.) Cab suspension. The works. Gwasgodd ben-glin ei wejen a lledodd gwên fawr ddanheddog ar draws ei wyneb. Nodiodd hithau a'i bres newydd yn dynn dros ei dannedd di-siâp.

'Living the dream, ife, babes?' Trodd y tractor i mewn i'r bwlch yn y clawdd gan adael i'r neidr frathu wrth fynd heibio. Roedd Tammy druan yn canu deuawd bert gyda refs y ceir dieithr wrth iddynt bwldagu i'r ail gêr. Ar ôl iddi agor y gât iddo, penderfynodd Ned yn ei ddoethineb mai'r ffordd orau i gadw menyw oedd gwneud digon o ffŷs ohoni. Swmpodd benglin Nerys Myfanwy a mynnu mai hi ddylai gael dracht olaf y can siandi.

'Na, na, bach, cer di â hwnna. Ti'n haeddu fe am agor y gât i fi! Oes chwant mynd i Cei arnat ti heno, 'de? Wâc ar y traeth a tshipen fach? Alli di ddod â'r ci 'da ti os ti'n moyn.' Fel arwydd o'i gariad tuag ati, roedd e wedi prynu Jack Russell bach cecrus iddi'n anrheg. Yn anffodus, doedd pawb ddim mor werthfawrogol o'r anrheg ag oedd e.

'Wel, a bod yn onest,' cyfaddefodd Nerys Myfanwy, 'ma Mami wedi ei werthu fe.' Syllodd Ned arni'n anghrediniol.

'Beth ti'n siarad ambiti? O'dd hwnna'n pedigree, achan, o'dd e werth ffortiwn!'

'Ie, fi'n sori, babes, ond ar ôl iddo fe racso drws y living room a shitan dros lawn Dad, wel, doedd dim lot o ddewis gyda ni …'

'Allet ti fod wedi dod 'nôl â fe i fi. Allet ti fod wedi gweud at least, achan.' Bu tawelwch lletchwith rhwng y ddau am o leia bum munud. Taranodd Ned y tractor bach yn llwybr pren mesur ar hyd y clawdd. Syllodd hithau'n fud drwy'r ffenest wrth wylio'r dom yn tasgu'n dwmpathog ar hyd y cae. Ymhen hir a hwyr, holodd:

'Faint gest ti amdano fe, gwed?'

'Wel, sai'n siŵr. Mami roiodd e ar Facebook.'

'Swap shop ti'n feddwl. Gobeithio bod hi ddim wedi rhoid e'n free to a good home, o'dd yffach o gwd brîding yn hwnna … ideal i gwrso cwningod … O'dd Judy ei fam e'n real gwd girl, lawr bob twll, boi, real ffacin natur … rhacso llygod ffyrnig … savage, boi!!'

'Wel, fi'n credu … ond paid bod yn grac 'da fi … fi'n credu ar ôl iddo racso sheepskin rug y conservatory na'th hi roid free to a good home arno fe!' Bu'r ergyd yn ddigon i lorio Ned. Diffoddodd yr injan.

'Craist-sêc, achan … free to a good home … ti'n ffacin jocan, gwd gyrl!' Tynnodd Ned ei het John Deere, ysgwyd ei ben, crafu ei dalcen ddwywaith, rhegi'n ffyrnig o dan ei anadl ac edrych i fyw llygaid Nerys Myfanwy. Bu ei lais bron torri pan ddywedodd, 'O's unrhyw syniad 'da ti beth ma'n nhw'n neud i gŵn free to a good home, oes e? Oes e? Nag o's! 'Sdim cliw 'da ti.' Ypsetiodd hithau hefyd. Surodd y tawelwch eto.

'O! Sori! Sori, reit … o'n i ddim yn gwbod … ond pam ddiawl brynest ti gi i fi? Allet ti fod wedi hala dy arian ar thong neu rywbeth. Rhywbeth classy o Ann Summers. Jiiiis! Rhoi guilt trip i fi … o'dd y diawl bach wedi shaffo'n blydi high heels i, reit … 'yn rhai gore i.' Plygodd Ned ei ben i'w ddwylo. Sut allai hon fod mor dwp? Pwysodd ei eiriau'n ofalus er mwyn cyrraedd uchafbwynt haeddiannol i'w frawddeg.

'Ma. Cŵn. Free. To. A. Good. Home yn cael eu hiwso,' carthodd ei wddf, 'yn cael eu hiwso fel *bait* … live. Ffacin.

Bait … mewn dog fights … ti'n gwbod 'na?' Suddodd yr ergyd yn galed ar Nerys Myfanwy.

'Oh my God, fi mor sori … druan â Gucci bach. God, fi'n teimlo'n sic. Beth ydw i wedi neud i Gucci?' Ystyriodd Ned unwaith yn rhagor. Meddyliodd am drywydd ymholi newydd, pwrpasol.

'O ble o'dd y bobol brynodd e'n dod?' Cododd hithau ei hysgwyddau'n ansicr. 'Abertawe? Merthyr? Brynaman?'

'Sai'n gwbod.'

'Mae'n ffycd os a'th e i fan 'na. Os mai rhywun ffordd hyn o'dd e … wel, ma chance 'da fe.' Cynhyrfodd Nerys Myfanwy druan.

'Shit, sai'n gwbod, o'dd Dad yn grac a Mam wedi mynd i liwio'i gwallt, ges i ddim amser i ofyn yn deidi.'

'Wel, o'n nhw'n siarad fel Nessa?'

'Pwy ffacin Nessa, sai'n nabod yr un Nessa. Ma Nesta i ga'l. Fi'n nabod Nesta, supply teacher yw hi … mae'n shit!'

'O! My good God … ti'n dwp neu rywbeth? Nessa. Gavin and Stacey Nessa. Alright, what's occurring? Nessa! Nessa, ffacin Nessa!'

'Olreit, paid â gweiddi.'

'Ife rhywun o sowth o'dd e? Ni'n ffycd os taw e. Ffacin ffycd, ti'n deall?'

'Paid â blydi gweiddi arna i. Fi'n ffono Dad. Gad fi mas o'r blydi tractor 'ma! Fi'n hêto ti a fi'n hêto John ffacin Deere!' Roedd Ned yn fud. Ei galon yn ei wddf. Ei freuddwyd ar chwâl. Ei gi. Ei gariad. Ei dractor annwyl. Ac yn waeth na hynny, roedd hon yn bygwth galw ei thad.

'Hei, hei! Fi'n sori, achan,' ymbiliodd. 'Sori babes. Hei, cwla lawr … 'sdim ise i ti ffono dy dad nawr, o's e, hei babes? Babes?' Ni chafodd ymateb. Ystyriodd … a ddylai ddweud y geiriau gwyrthiol? Pwyllodd.

'Fi'n caru ti.' Gwelodd ei llygaid yn meddalu damaid wrth damaid a meddyliodd fod y grefft dal ganddo. Gafaelodd yn ei llaw yn dyner a maddau iddi. Er gwaetha'r siom a'r dadlau.

'Hei, fi'n sori 'fyd, fi'n lyfo ti, t'yl … always have. Always will!' A'r ddau'n ddeuawd ddedwydd, ail-adroddodd hithau ei eiriau.

'Fi'n lyfo ti 'fyd … Big nyts.'

'Fi'n lyfo ti 'fyd … Babes!'

Chwarae

Wrth weld pic-yp ei thad yn gadael y clos, gwyddai Nel fod y ffordd yn glir iddi fynd. Casglodd ei bag ysgol a'r botel squash, 'bach yn gryfach nag arfer, o dan ei braich. Cydiodd yn handl y beic BMX bach a mynd fel milgi i dop y clos. Roedd y nodyn ar y ford yn esbonio'r cyfan i'w mam:

Mas am wâc ar y beics gyda Gwern. 'Nôl mas law, cyn 'rhen foi! Cinio 'da fi. Gwaeddwch os chi moyn fi.

Roedd ei thalcen yn wlyb diferu wrth iddi ddringo'r bancyn cyntaf, a'r beic bach yn fwy o ffwdan nag o help. Ond byddai'n dipyn o hwyl ar y ffordd adref pan gâi fynd 'down hill all the way'.

Safai'r coed yn bleth dros ei gilydd a'r clatsh y cŵn yn lliwio'r cwm. O gyfeiriad y den, clywodd chwiban isel. Hwn oedd y cod i wybod bod ffrind gerllaw.

'Www-hit! Halt. Stay right there. Friend or foe?'

'Fi sy 'ma, achan. Stopa dowlu rheina.' Roedd Gwern, yn ôl ei arfer, wedi dechrau taflu mes ati. Gan mai ef oedd yr hynaf, roedd ganddo hawl. Taflodd Nel y beic i un ochr a chydio mewn brigyn gweddol o faint yn barod fel cleddyf yn erbyn ei ffrind.

'Wyt ti'n moyn colbad? Wyt ti? Wyt ti? Wel, gad lonydd 'de'r ba'dd!'

'Jyst jocan o'n i, achan. 'Sdim ise mynd yn gas, oes e?'

Eisteddodd Nel ar y boncyff y tu fas i'r den am eiliad i gael ei hanadl yn ôl. Gwern oedd gyntaf i siarad.

Bu'n aros ddeg munud amdani. A hwythau yn hen ffrindiau erbyn hyn, roedd y ffaith bod eu ffermydd yn ffinio yn handi iawn i gael 'bach o sbort amser gwyliau. Doedd gan yr un o'r ddau frawd na chwaer, felly roedd cwmni ei gilydd yn well na dim cwmni o gwbwl.

'Ble ddiawl wyt ti wedi bod? Fi wedi bod fan hyn ers ache yn aros amdanat ti. Odi fe 'da ti?' Tynnodd Nel hanner pownd o siocled Dairy Milk o waelod ei bag. Diolchodd llygaid bolgi Gwern wrth weld bod y sgwlc yn weddol gyfan.

'Beth ddest ti, 'de?' holodd hithau, gan weld ei lygaid bron drysu eisiau bwyta'i chyfraniad hi. 'Dere mla'n. Wedes i os ddelen i â siocled, ddelet ti â'r pop. Ble ma fe?'

'O diawch, o'dd Mam heb fod yn siopa, so dim ond hwn sy 'da fi.' O waelod ei fag, tynnodd yntau hanner potelaid o Lucozade, a hwnnw'n fflat.

'Ych! Beth ddiawl yw hwnna? Ma fe'n tasto fel pisho dryw.'

'Wyt ti erio'd wedi hyfed pisho dryw?'

'Nadw … ond ti fel rhech mewn pot jam. Lwcus bo fi wedi dod â hwn hefyd. 'Drych, squash. Gwd stwff i dorri syched!'

'Ble fuest ti mor hir 'de, gwed?'

'Wel, roedd 'rhen foi yn ffitran rownd y clos, pallu mynd nes bod e wedi bennu'r dwt, a doedd dim lot o hwyl ar Mam.' Bob yn gwlffyn a phob yn ddracht, diflannodd y picnic bach o'r bag. Eisteddodd y ddau'n ddiog ar y boncyff mwyaf a dechrau tynnu'r mwswg nes bod cornel ohono'n borcyn.

Ar ôl eistedd am dipyn, blinodd y ddau ar chwarae plyfio, ac ailgydio yn eu gwaith o greu den gwerth siarad amdano.

'Well i ni gasglu brige, weden i, a dŵr o'r afon … ac fe esguswn ni gynnu tân fel Twm Siôn Cati yn y stori!' Dilynodd y ddau eu trwynau nes cyrraedd yr afon fach a lifai gerllaw. Cerrig mawr a cherrig mân, hen frigau wedi disgyn dros y gaeaf ac esgyrn hen ddafad wedi erydu'n wyn fel marmor. Buont yn chwarae sgimo cerrig am amser, a'r ddau yn mynnu maeddu'r llall.

Sblish! Safodd Nel yng nghanol yr afon nes i'r twll yn ei welingtyn wlychu ei sanau'n stecs. Sblish! Eisteddodd ar y bancyn i'w tynnu.

'Buodd Wncwl 'da fi biti boddi!' meddai Gwern mewn llais ocsiwnïyr, yn hen law ar ddweud stori. Sblish arall a sblwsh. 'Rhyw nos Sadwrn flynydde'n ôl. O'dd e wedi meddwi hyd y styd, ac fe feddyliodd e dorri plet drwy'r cae er mwyn mynd am adre'n glouach.' Sblish carreg fowr. 'A wedyn heb ddeall yn iawn bod e mor feddw nath e ddisgyn i ganol yr afon!'

'Beth oedd enw'r boi?' Stopiodd y sgimo. Crychodd Gwern ei drwyn.

'Wncwl John yw ei enw fe … ma fe stil yn fyw.' Sblish fach ac un fach eto.

'*Biti* boddi o'dd e, nage *wedi* boddi.' Pwyllodd cyn ailgychwyn. 'Brawd Mam. Wedodd Mam ei fod e'n gob cachu ar y pryd a bod e'n lwcus ofnadw ei fod e dal yn fyw!'

'O'dd e'n gallu nofio?'

'O'dd, o'dd!' rhythodd Gwern, â golwg un nad oedd yn hoff o neb yn torri ar ei draws.

'Gold, silver neu bronze?' Sblish a gwaedd o gyffro. Sgim o bedair llam.

Ebychodd Gwern eto cyn gofyn,

'Wyt ti moyn grondo ar y stori 'ma 'de? Gold, silver neu bronze, wir …'

'Odw, odw, cer mla'n.' Sblish ddiflas. Sblash gwlychu trowser.

'Wel, nos Sadwrn oedd hi, ac roedd hi wedi bod yn bwrw'n beyond, a'r afon lan hyd y dalo hi. Ma Mam yn gweud bod dim lot o gomon sens gyda fe ar y gore, ond ro'dd e'n hen gyfarwydd â cherdded drwy'r caeau wrth ddod 'nôl o'r dafarn. Saff i ti neud 'ny flynydde'n ôl, dim ond Cymry o'dd yn byw ffordd hyn bryd 'ny. Dim rhyw Polish a Rwmanians a Mwslins a rhacs dre.' Sblosh! 'Ond y tro 'ma o'dd e ffili gweld y llwybr. O'dd e'n llyncu dŵr brwnt yr afon a ma rhyw laish mowr yn gweud wrtho fe …' Carthodd ei wddf, cyn cyhoeddi: "Mofia, John bach! Mofia!" A lwcus ar diawl iddo fe glywed e mewn pryd neu bydde'n siŵr o fod wedi cael ei lusgo lawr i'r pwll tro, a fydde fe wedi bennu wedyn yn saff i ti!' Sblash dila.

Sychodd Gwern ei geg â chefn ei law-llawn-defaid-mân. Trodd Nel ei phen i feddwl. Parhaodd y sblashian.

'Ife Duw oedd e?'

'Beth? Nage! Wyt ti wedi grondo o gwbwl? John o'dd e … Wncwl John!'

'Y *llais*, achan. Ife llais Duw oedd e? 'Na beth o'n i'n feddwl … blydi clust!'

'O! O, ie siŵr o fod … sai'n siŵr … na'th Mam ddim gweud … ond llais rhywun oedd e, deffinet.' Buan y blinodd y ddau ar gwmni ei gilydd, a phoerodd Gwern.

'Symo fe'n well i ti fynd gartre, gwed?' Sblash deidi, ac un arall.

'Symo fe'n well i *ti* fynd gartre, glei.' Sblash well. 'Ti ar ochor ni o'r ffens fan hyn!' Syllodd y ddau gan adael i'w llygaid gulhau ar ei gilydd.

'Ie, wel, iawn 'de. Fi'n mynd.' Oedodd Gwern. Ciciodd dwmpath gwahadden â blaen ei esgid gan adael i'r dom defaid disial dros y pridd.

'Ie, iawn, finne'n mynd hefyd!' Trodd Nel am adref cyn gweiddi dros ei hysgwydd, 'Hei Gwern, wela i di fory 'de, ife? A dere di â'r picnic.' Gwenodd yntau'n dawel cyn ateb.

'Ie … shw'od, shw'od.'

Dilynodd hithau'r clawdd am adref a gweld yr ysgall â'u pennau porffor yn polcadotio rhwng y dail tafol. Safodd i syllu'n hir ar ben Gwern yn diflannu yn y pellter. Crop o wallt melyn a'i grys coch yn dynn dros ei gefn. Rhedodd.

Dydd Gwener

Fe wisges i ffrog heddi. Hen ffrog na wisges i ers blynydde. Fe wedodd wrtha i bo fi'n edrych yn bert. Dim chwant bwyd wedi neud lle i fi ynddi 'to. Fe wedes i fod neb gartre. Gweud o'n i ei fod e wedi mynd i mart, ac na fydde fe ddim 'nôl am sbel … Fe yfodd ei de yn dawel bach a mentrodd ddala'n llaw i; 'drychodd e arna i i fel 'se fe'n deall. Fel 'se fe'n gwbod.

Chwerthines inne 'fyd.

O'n i fel croten ifanc yn tŷ gwair. Rhyw deimlad 'mas nos Sadwrn' yn rhedeg drwydda i i gyd. Fe gydiodd e yndda i a gadael i 'mhen i anghofio pwy o'n i.

Caru a finne'n ei gusanu fe a'i gusanu fe a'i gusanu fe. Hawlio gwefr. Fe lefes i. Fe lefes i am fy mod i'n hapus, am fy mod i'n fyw … ac yn teimlo rhywbeth gwahanol i hireth am unwaith. Ei lyged e. Ei ddwylo fe. Gwasgu croen yn dynn, dynn. Gwthio mewn i'n gilydd.

Fe ddaw e 'nôl mis nesa, wedodd e. Alle fe ddim addo. Ond does dim ise iddo fe addo, nagoes e? Ma 'da fi ddyn sy'n addo a dyw hwnnw'n werth dim byd.

Wy'n neb iddo fe, wy'n gwbod 'ny. Dyw e ddim yn addo dim, nac yn disgwyl dim 'nôl. Ond ma fe fel 'sen i'n gallu anadlu 'to. Ma 'mhen i wedi boddi mewn dolur ers i Ifan bach fynd, a phob llygad yn gwbod ma honno ydw i. Ei fam e. Alla i ddim dianc yn pentre heb i rywun edrych arna i a gwbod mai fi yw honno. Ei fam e.

O'dd parti 'da'r llall heddi ar ôl ysgol. Parti pen-blwydd ei ffrind. Alles i ddim mynd. Morgan a'th ag e yn diwedd. Rhwyddach i bawb os nad wyf i biti'r lle. Rhwyddach peidio gorfod esgus.

Fe wedodd e wrtha i bo fi'n haden. Haden, men yffarn i. Fues i'n ddim am amser mor hir. Shwt ddiawl alla i fod yn haden, wedes i wrth fy hunan. 'Wy wedi colli gofid am funud neu ddwy. Ond ddaw e 'nôl. Daw e 'nôl fel ton. Fel ma fe wedi neud ers tro.

Gethon ni dato newydd i swper, fe Morgan wedi mentro tynnu rhai … Doedd dim blasyn arnyn nhw leni 'to.

Dydd Llun

Chwerthin wnaeth e. Fe halodd e i finne chwerthin 'fyd. Galwodd e heddi 'to. Wy'n teimlo'n fyw. Doedd e Morgan ddim adre. Fe alwodd e amdana i. Galw i siarad … galw i wrando. Fe afaelodd e yn fy llaw a'i gwasgu ddi. Dim ond am eiliad. Fe edrychodd e i fyw fy llyged i ac ro'n ni'n dawel. Tawelwch … Es i i esgus neud te yn y llaethdy. Dim ond dwli. Fe wedes i wrtho ge i gallio am mai nid rhyw ferch ugen oed ydw i ragor. Roedd fy nwylo i'n crynu wrth ddod â'i de ato ge … Mae blynydde mowr ers i fi deimlo rhywbeth tebyg. Ei lygaid brown e'n gynnes wrth edrych i fyw fy rhai i. Dim ond chwariaeth.

Fe bwysodd e 'nôl yn ei gadair wrth y ford ag un llaw y tu ôl i'w ben a'r llaw arall yn rhwbio gronyn o siwgr rhwng ei fys a'i fawd, fel 'se dim hast arno ge o gwbwl … Beth ydw i'n neud? Beth ydw i'n neud?

Da'th yr ast ddefed â chwech o gŵn bach.

Galwodd y fan fara.

Fues i yn nim un man wedyn. Doedd dim angen …

Rupert Bonnie Lad

'You killed him … you killed him.'

Mewn hen Range Rover oedd wedi gweld dyddiau gwell a throwser marchogaeth tynnach na thyn, pwy gyrhaeddodd y clos ond Shirley Belmont Rogers Bowen a'i thamaid gŵr. Mochyn daear o ddyn dros ei bedwar ugain oedd e, â phum dant a dou flewyn ar ei ben. Peswch hen grygni oedd e, a phecyn o Benson and Hedges wedi ei blygu'n anniben ym mhoced ei dop-côt.

Safodd hithau yn ei chot o chwys arferol, yn natur i gyd.

'You killed him,' gwaeddodd eto ar unrhyw un o fewn clyw. Llusgodd Morgan ei hun yn nhraed ei slipers mas o'r tŷ i weld ei gymdoges annwyl yn hanner lladd Ned y gwas.

'Hold on … ho-oold on now! You can't just come round here and attack him.' Ond doedd dim dofi arni. Parhaodd y globen chwe throedfedd i lambastio'r whilgricyn bach pengoch.

'Ffacin hel, fenyw, hei, I haven't done anything, I haven't killed anyone … Blydi hel, gwedwch wrth y gaib 'ma … fan hyn ydw i wedi bod drwy'r bore.'

'Shirls … Shirley love … let the boy breathe.' Ceisiodd y mochyn daear lusgo'i wraig am yn ôl. Ni chafodd lwc. Ar wastad ei gefn ar lawr, deallodd nad oedd pwrpas mentro'i fywyd i lusgo Shirley oddi ar Ned. Gadawodd iddi fwrw ei phwff ac wrth i stêm ei breichiau arafu, gwelodd ei gyfle i esbonio pwrpas yr ymweliad.

'Look, mate.' Tynnodd ei ffôn symudol o'i boced a dangos lluniau'r annwyl Rupert Bonnie Lad i'r Cymro ar y clos. 'Look. Someone has attacked him and done something horrible to his stomach – look, it's all blown up like a balloon!' Clywodd wich emosiynol ei wraig, oedd yn brefu fel hen fuwch ar ôl llo. 'Now, now, love. Compose yourself!'

'Compose myself!' sgrechiodd hithau, cyn taflu dwrn at ei gŵr byrgoes, boliog, a methu. Aeth i eistedd yn y Range Rover llwyd a'r dagrau'n powlio i lawr ei gruddiau gwelw.

'Olreit!' meddai Morgan yn y diwedd. 'What has this got to do with us?' Cwestiwn digon call, ond nid felly y gwelodd Shirley druan hi. Tasgodd o'r car a'i ffroenau fel dwy ogof.

'My poor boy, it would seem, had been enticed through to your fields.'

'Enticed? What do you mean?' Ysgydwodd Ned a Morgan eu pennau. 'No, no!' ystyriodd Morgan. 'No one's been enticing anybody, I can tell you now!'

Bu gwâl yr ymadawedig yn wag ers oriau, yn ôl bob tebyg, ac er edrych yn y 'stables' ac ym mhob twll a 'corner', doedd dim sôn amdano o gwbwl. Wedi ymchwilio'n ofalus, darganfuwyd bod rhyw flagardyn wedi agor gât y ffin yn fwriadol, ac roedd Rupert Bonnie Lad wedi dilyn ei drwyn lan i'r storws gwag ar waelod y cwm. Sièd oedd hi mewn gwirionedd, a ddefnyddid o bryd i'w gilydd gan unrhyw greadur a fynnai 'bach o gysgod rhag yr oerfel a'r glaw.

'Well, he went missing, and when … and when I found him!' Tynnodd anadl hir a phoenus.

'Yes, what you are trying to say,' cywirodd Morgan hi, 'is that he was trespassing on my land then, was he?'

'Trespassing!' chwarddodd hithau'n chwerw. 'This idiot over here had obviously left the gate open out of spite and Rupert must have followed his nose. We found him…' Sychodd ei dagrau. 'I … I found him lying on his side, his poor face in agony … His stomach had a … had a … hole in the side … as if someone had stabbed him … and I … I can't think of anyone who'd want to do that to poor Rupert but that … that … imbecile over there.' Ciliodd Ned gan bwyll bach am yn ôl.

'Hold it now, let me see those pictures again.' Gwawriodd ar Morgan fod golwg chwyddedig yr ymadawedig yn edrych yn debycach i greadur wedi gorfwyta sugar beet nag i lofruddiaeth mewn gwaed oer. 'Where exactly did you find him? In your fields or mine?'

'Well, it was obvious that he'd been enticed to your side … obviously, someone had deliberately left the gate open.'

'So he was in my field, was he? Which one exactly? By the sièd shinc or by the river?'

'I don't … this has all been too much for me.' Trwy ryw ryfedd wyrth, penderfynodd y mochyn daear ei fod bellach yn deall ac yn medru siarad Cymraeg. Am ddysgwr cyflym! Synnodd Ned fod y fath emosiwn dros geffyl wedi llwyddo i ailddeffro'r awydd ynddo i gyfathrebu yn Gymraeg. Trodd ei acen fel Dai Llanilar, yn ddibynnol iawn ar ei gwmni.

'Ia, caeau chi oedden nhw, yntê. Dim ond digwydd

iddo fo fentro i'ch caeau chi am fod y giât ar agor, yntê. Mi fasa fo'n ddigon bodlon ei fyd fel arall wrth gwrs … ond y ffaith ydi. Y ffaith ydi 'wan … Wel, ddaru fo farw ar eich tir chi ac felly, wel, dydi hi ond yn deg wedyn i ni gymryd mai chi … neu'n hytrach y tamad gwas hwn, fu'n gyfrifol am ei farwolaeth, yntê.'

'Good grief, Humphrey, do you have to speak that bloody language? Just tell them that we're calling the police to sort this out now.' Syllodd Morgan a Ned ar ei gilydd a chwarter gwên ar eu hwynebau. Doedd yr un o'r ddau wedi deall y drefn gyda'u cymdogion newydd. Ond doedd oedran yn ddim ond rhif lle'r oedd cariad yn bodoli, ac wrth gwrs roedd arian yn help mawr i ddallu'r llygaid.

'Wel grondwch nawr, fydde Ned fan hyn ddim wedi neud dim byd ar fwriad. Na fyddet ti, Ned?' Ysgydwodd hwnnw ei ben, yn benderfynol o osgoi carchar. 'Os fuodd e Rupert … If your bloody horse had wandered on to my land without my permission and died, well, it's nothing to do with me. By the looks of him, he must have stuffed more than his share of sugar beet and his gut must have exploded … that would explain the hole. I don't think you need to call Miss Marple!'

'Wow, wow bach 'wan. Witshad 'wan … Byddwch yn deg efo ni.' Dechreuodd Morgan deimlo ei amynedd yn pallu.

'Teg? Ti'n dod ffordd hyn yn cyhuddo ni o ladd y blydi ceffyl. Y ceffyl ei hunan o'dd ar fai yn ôl beth wela i. Dod ffor' hyn i stwffo'i fola 'da sugar beet … dim fe o'dd bia'r stwff yn y lle cynta. Dwgyd yw 'na. Go on, bugger off. Cewch o 'ma cyn ffona i'r cops am trespassing a dwgyd!'

Culhaodd llygaid y mochyn daear a bwtsodd hithau ei thrwyn i'w macyn papur.

'Come, come, Shirley fach, don't let them upset you. The police can sort this out!'

'Gallan!' gwaeddodd Ned cyn ychwanegu'n hyder i gyd, 'And take this shed on wheels with you.' Diflannodd y Range Rover o'r clos ar daith swyddogol i'r orsaf heddlu i drafod llofruddiaeth yr annwyl farch Rupert Bonnie Lad Belmont Rogers Bowen.

Wedi iddynt adael, neidiodd Morgan a Ned ar y beic bach a raspo'u ffordd i'r man lle gorweddai gwreiddyn y gynnen.

Dydd Gwener

Alwodd e. Roedd e wedi torri ei wallt ers y tro diwetha. Fe gerddon ni gro's y caeau draw i'r afon fach. Tywydd yn rhy neis i eistedd yn tŷ, wedodd e. Fe gododd fy nghalon i o weld yr haul. Doedd dim lot 'dag e i weud. Dim ond gwrando arna i'n hela meddylie am shwt o'dd pethe wedi bod 'ma. Fe wedodd e bod e'n mynd i brynu car newydd a bod pris yr hen un yn is nag oedd e wedi meddwl. Colli arian ma ceir, wedes inne wrtho ge. Gwell iddo fe brynu tir na wasto arian, wedes i.

Fe eisteddon ni wedyn ar y bont fach. Yr hen afon wedi sychu tipyn fel mae'n gwneud bob haf. Ise glaw yn druenus, medde Morgan. Dim ond ffermwyr sy'n meddwl am law pan mae'n sych a disgwyl haul pan mae'n wlyb. Dyw pethe fel 'na ddim yn poeni pobol dre.

Fe aethon ni i'r coed. Lan yn yr allt fach ... cael llonydd. Gwres yr haul ar fy wyneb a fe'n dihuno'r cwbwl ... Mentro caru a chadw'r haf.

Gorwedd gyda'n gilydd a gafael nes bod hiraeth wedi mogi. Claddu 'mhen yn ei freichie a'i gusanu fe a'i gusanu fe a'i garu fe'n dawel bach.

Morgan yn mart.

Fe losges y swper a mynd i'r gwely'n gynnar.

Ma Morgan yn deall tawelwch yn well na'r un iaith.

Hyfryd iawn! Melys yw!

'Ie, lecsiwn wedi cyrradd 'de? Pwy ti'n gweud eith â hi leni?' Yng ngheg yr orsaf bleidleisio yn rhowlio stwmpyn ffag roedd e, Sioni Shw'od – newydd orffen ei rownd bost am y dydd ac yn aros i weld hwn a'r llall yn ymgasglu o flaen neuadd y pentref. Roedd yn rhyfedd ei weld heb ei fan a'i ddillad gwaith a dweud y gwir, ond yr un oedd ei wên a'i chwerthiniad.

'Ie, blydi Toris eith â 'i, shw'od. Rhacs diawl. Fydd y wlad 'ma ar ei phenlinie am bum mlynedd 'to. Ffacin mypets … 'se man a man i ti *roi*'r ffacin NHS iddyn nhw … Ma'n nhw wedi torri lawr i'r asgwrn yn barod a dyw asgwrn yn dda i ddim ond un peth t'yl!' meddai â winc fach frwnt o weld Han yn sedd ffrynt y Land Rover. 'Ie, oes bola mowr 'da hi 'to? 'Sdim ise gofyn pwy gath yr asgwrn fan 'na, o's e?' Roedd Morgan wedi arfer â siarad brwnt ambell un ac nid oedd gwerth cynhyrfu ar bethau bach pan oedd pethau mwy.

'O's, achan. Ffansio wâc fach mas … a'i bod hi'n nosweth ffein, mae tr'eni bod mewn. Ie, o's cwennen newydd 'da ti 'fyd, oes e? Clywed rhyw stori.' Hanner chwerthin oedd Sioni nawr. Ddim cweit cystel blas ar drafod busnes pan oedd hwnnw'n perthyn iddo fe'i hunan. 'Watsha di'r Polish,' rhybuddiodd Morgan. 'Fe weithith rhai drwy dy bensiwn di'n go handi!'

Chwerthin wnaeth Shw'od o hyd. Doedd neb yn mynd i'w gornelu fe ar hast.

'Ie,' meddai wedyn ar ôl cael amser i feddwl am ateb a thynnu'n ddwfn ar ei stwmpyn. 'Dim ond os oes pensiwn i *ga'l* 'da ti, hahaha, yndyfe?' Aeth Morgan am mewn a diawlo o dan ei anadl wrth weld Saesnes ronc yn rhedeg y lle a rhyw damaid o Gymro ddim gwerth siarad amdano a'i bren mesur tila ar ei phwys. Un ddigon serchog oedd hi a dweud y gwir, ond anodd siarad wast ag ambell un. Doedd e ddim yr un peth rywsut.

'Oh! Okay, this is Morgan Ra … Ry … Rynacht … is it "acht"? Rÿnacht … oh, thank God, Jones. That part is easy. Dysgu Cymraeg tamaid bach … 003 … Brwn y … Brwn y … mei … chion. On.'

'Yes!' cywirodd yntau'n fyr. 'Morgan Rheinallt Jones! Bryn y Meillion! Diolch yn fowr … Thanciw feri mytsh. Hyfryd iawn! Melys yw!' a diflannodd yn ddiamynedd y tu ôl i'r lloc pren.

O'r tu mewn, clywodd hi'n holi ei chymydog Cymraeg beth yn union oedd ystyr y 'lovely Welsh name Brwn y Meichiooon!' Trodd Morgan ei ben di-gap yn ddiamynedd a chodi ei lais i roi dadansoddiad manwl iddi o enw ei gartref.

'"Bryn" means hill and "meillion" means clover. Old name. Dates back to pre-Anglo-Saxon invasion … obviously.' Daeth yr 'Oh! How wonderful!' fel draenen dan draed.

'Is that with the mutation or without?' Syllodd Morgan arni fel pe bai'n amau a oedd hi o ddifri. 'Lovely, though.'

'No mutation, same as it's always been. No radiation round these parts. You've got to go up north for some of that. Plenty by Trawsfynydd, apparently.' Synnodd at ei ffraethineb ei hun.

'Quite!'

'Yes! Quite, indeed,' a mentrodd Morgan ychwanegu: 'Yes, it is … it's also nice to see I can teach *you* something. You English usually *know* the fucking lot!' Gyda hynny o eiriau anrhydeddus, diflannodd Morgan drwy'r drws. Taniodd y Land Rover a chodi ei fys crafu trwyn ar Sioni Shw'od, oedd yn dal wrthi'n tynnu sgwrs â hwn a'r llall.

Holodd Han, 'Have you been to the seaside lately?' Gwyddai beth oedd yr ateb, ond gan nad oedd Rhys wedi ffwdanu treulio llawer o amser adref ers tro byd, teimlai fod yn rhaid iddo gynnig iddi. Roedd newid aer yn well na'r un moddion, dywedai ei fam, a gwir oedd y peth.

Trodd y cerbyd i'r dde a dilyn ei drwyn fel dafad fynydd. Cyrhaeddodd y maes parcio am saith, a phenderfynodd y ddau gael boliaid o fwyd yn y dafarn ben rhiw. Doedd wahaniaeth ganddo mewn gwirionedd beth ddiawl oedd llygaid ambell un yn ei ddweud am y dyn dros ei hanner cant a'r ferch ifanc foliog oedd yn amlwg ddim o ffordd hyn.

Roedd dealltwriaeth yn y distawrwydd. Doedd dim angen rhyw chwilio stori i'w dweud am hwn a'r llall. Doedd hi ddim yn nabod neb yn iawn o hyd, er iddi fod yma ers dros flwyddyn a hanner. Gwenodd wrth ei gweld yn claddu'r platiaid rhyfeddaf. Am un fach, roedd ganddi stumog go lew. Trodd i siarad am y babi. Gwelodd fod ei gwedd wedi gwella ers y chwydu diddiwedd a ddim o'r awydd lleiaf am fwyd. Roedd cysur mewn stumog iach, meddyliodd, a chofiodd am Rosa a'i phen lawr y tŷ bach gyda'r ddau … na, y tri.

Teimlodd weld ei heisiau.

'You think it's a boy?' Doedd hi ddim yn siŵr. Roedd rhaid aros dau fis arall cyn cael sgan a hyd yn oed wedyn, doedd dweud pa ryw oedd y babi ddim bob amser yn syniad da. Bachgen oedd Rhys ei eisiau. Bachgen i redeg y ffarm. Bachgen i gymryd lle'r efeilliaid … i gymryd lle'r ysbryd fuodd yn byw yn ei gydwybod cyhyd.

Aethant allan i weld y môr. Crafai bysedd y tonnau tywyll ar hyd y creigiau gan adael eu hôl rhydlyd dros y tywod gwlyb. Anadlodd ei sawr. Clymodd yr awel yr halen yn ei gwallt hithau a gwasgodd ef y tu ôl i'w chlustiau tan i'r don nesaf o wynt ddod a'i chwythu i bob cyfeiriad. Rhaid bod awel y môr yn llesol ym mhob gwlad, meddyliodd Morgan wrth wylio'r wên ar wyneb Han yn golchi'r gwrid i'w gruddiau. Llyfodd yr hufen iâ er eu bod ill dau bron â sythu wrth ddychwelyd i gysur y Land Rover a golwg ysgafnach ar y ddau.

Cofiodd Morgan am y llun lawr braich y sedd wrth y tân. Cofiodd am y wên fach fylchog a'r llygaid-caru-mam. Ble oedd y wên honno heno, meddyliodd. Roedd Rhys wedi colli diddordeb ynddi erbyn hyn. Fel pob tegan newydd, roedd rhaid chwarae tan iddo dorri, wedyn ei daflu naill ochr a'i lygaid ar rywbeth gwahanol. Ond o leia câi hi lonydd. Gobeithiai Morgan y byddai pethau'n newid wedi iddi gael y babi. Ond doedd dim pwynt dala ei anadl am yn rhy hir. Han dawel, Han fud. Wedi gwerthu ei henaid i'r diafol.

Wrth iddyn nhw gyrraedd adref, synnodd y ddau o weld car yr heddlu ar y clos. Suddodd calon Morgan i'w esgidiau. Y tro diwethaf iddyn nhw alw, fe gafodd wybod eu bod wedi cael gafael yn Rosa. Beth allai fod heno 'to'n poeni'r diawled? O gil ei lygad, gwelodd heibio'r fan heddlu a gweld Rhys yn sefyll yn y drws.

'Diolch i'r nefoedd!' dywedodd, cyn neidio allan o'r Land Rover yn ei ddillad waco a brasgamu am y tŷ. 'Beth sy'n bod? Beth sydd mla'n 'ma? Oes rhywun wedi cael dolur?'

'Nag o's, nag o's, hen foi … Y ffacin fenyw 'na yn pentre sy'n gweud bo fi wedi bod yn stôco hi.'

'O'r mowredd. Diolch i Dduw! Pwy fenyw nawr?'

'Blydi hi a'r llipryn 'na. Gweud bod rhywun yn neud niwsans ffôn calls yng nghanol nos. Beth ddiawl fydden i'n ffwdanu wasto'n arian, gwedwch? 'Sdim byd gwell 'da chi neud â'ch hunan? Grondwch, 'sdim tystiolaeth 'da chi, oes e? Odi ddi wedi 'ngweld i mas 'na? Nadi!'

'Mae Ms Evans …'

'Ie, Ms Evans, my arse!' chwyrnodd Rhys o dan ei anadl gan ynganu'r "Ms" fel pryfyn mewn pot jam gwag.

'Mae Ms Evans wedi dweud eich bod chi wedi bod yn fygythiol tuag ati y tro diwethaf alwoch chi.'

'Mowredd dad, bygythiol? O'dd hi ddim yn fodlon i fi weld y bois, achan. Mae'n fodlon gadael i'r brych gŵr 'na sydd 'da ddi i afael ynddyn nhw, ond ddim fi. Pwy yw e? Falle mai fe sy wrthi. Chi wedi gweld ei olwg e? Drysten i mo'r ffycar … nethe 'bach o ddŵr a sebon fyd o les i hwnna! Grondwch nawr, a llaw ar fy nghalon … Sai wedi ffwdanu ffono'r gaib … 'sdim byd neis 'da ddi weud pan fi draw 'na. I beth fydden i moyn ffono ganol nos, e?'

'Wel, ma tystiolaeth gyda ni i ddweud bod eich car chi … y … Mitsubishi Animal, licence plate Charlie, tango, 61 …'

'Wow, wow, wow. Pwy sy wedi gweud shwt beth?'

'Mae'n debyg fod eich car chi wedi ei weld y tu fas i'w thŷ hi bump gwaith yn ystod y mis diwethaf.'

'O, hold the boat … do, fues i mas nos Wener diwethaf a falle nos Lun tua 9.30, falle 10, a …'

'Reit. A …?'

'Ie, trial dala'r ci 'na, yndyfe … blydi ci wedi bod yn shaffo'n ddefed i … second time now, boi, a beth y'ch chi wedi neud am 'ny, e? Ie, exactly, bygar ôl … watsho o'n i. Golles i lwyth ryfedda amser wyna, a ma'r jiawl 'bach 'nôl 'to. Gorfod i fi fynd â nhw mas o'r pentre am ddou fis. Dim neb wedi gweld dim byd pan o'n i'n gofyn, ond nawr ti'n troi lan. Hi, Fanni, yn tŷ yn moyn 'bach o ffŷs a chi mas fel siot. Let me guess: odi Phyllis rhywbeth i neud 'da chi'n galw ffordd hyn heno? Blydi typical.' Cofiodd Rhys iddo roi pryd o dafod hallt i Phyllis nymber 7, perchennog y ci hanner hysgi, hanner pwdl. Cymdoges annwyl i'w gyn-wraig, neb llai. Cyhuddo ei chi hi o racso'r defaid oedd e, achos roedd hi'n byw o fewn tafliad carreg i'r cae lle lladdwyd nhw, ac roedd e'n sicr mai fe oedd yn euog.

'So ti wedi'i weld e wrthi, wyt ti? So cer i grafu,' meddai hithau wrth dynnu ar ei ffag. 'Un bach ffein iawn yw Geoffrey. Ladde fe ddim byd.'

'Wel, cadw di fe mas o 'nghaeau i, neu os dala i fe wrthi, alla i weud wrthot ti nawr, fydd pen dryll yn dod i gwrdd ag e!'

Croesodd hanner gwên wyneb yr heddwas, a theimlodd hwnnw ei fola'n galw. Trodd ei lyfr nodiadau bach yn daclus i'w boced a gadael gyda rhybudd i gadw draw 'in future'.

'Shwt alla i gadw draw? Ma tir yn y pentre gyda fi. Ma

rhaid i fi fwydo'r bastards neu fyddwch chi ar fy mhen i am neglect.'

Gadawodd y car y clos a'r cwmwl dwst yn galw am law.

Rhoddodd Morgan bwt i din y tegil a diolch wrth ei glywed yn dod i'r berw. Fel popeth arall.

Mynd i guddio yn y parlwr mas o'r ffordd wnaeth Han, rhag ofn bod Rhys yn chwilio am rywle i waredu ei rwystredigaeth.

'Wel, 'na racsen, hala'r mochyn 'na lan 'ma … unbelievable … blydi unbelievable … ma amser 'da nhw i gwrso bobol sy'n gweithio ac yn neud eu gore i gadw'r blydi wlad 'ma ar ei thraed … Blydi bobol segur, t'yl. Byw ar gefen y wlad a dreifo rownd yn eu ceir newydd, esgus bod nhw ffili mynd mas i weithio. Unbelievable. Dim arian i dalu bilie ond arian i gadw ffacin arth o gi yn tŷ!' Yfodd Morgan ei de heb air o'i ben, a diolch wrth weld Rhys yn tanio'r pic-yp ac yn ei hanelu at yr hewl. Tawelwch o'r diwedd.

Camodd Han yn ofalus o'r parlwr â llun yn ei llaw. Ei dwylo fel ieir bach yr haf yn dala'r darlun. Esgusodd Morgan nad oedd wedi ei weld o'r blaen. Cafodd ddigon o brofiad yn cuddio syndod. Arllwysodd weddillion ei de i'w geg a syllu ar y llun yn ei llaw.

'My son,' meddai hithau, 'my son. He is seven today.' Edrychodd i fyw ei lygaid ac ymbilio ar un oedd yn deall beth oedd bod yn dad. Pwysodd ei llaw ar ei bola. Syllodd Morgan arni. Gosododd ei law dros ei geg a rhwbio ei ên heb ei siafo. Cymerodd bwyll.

'I give him family.' Ei llais fel adain fach yn pluo, pluo, yn ceisio codi. Llanwodd ei llygaid â sêr bach, bach yn wincian ar Morgan. Morgan hen yn pwyso'r pryder, heb ddweud yr un gair. Dyma ei hunig obaith o weld ei mab eto. Roedd rhaid gofyn. Gwyddai nad oedd gan Rhys yr un teimlad tuag ati, ac wedi iddi fentro dangos y llun iddo fisoedd yn ôl, a derbyn dwrn, doedd ganddi ddim o'r galon i ofyn iddo eto a gâi ddod ag e draw.

'He my son.' Ie, meddyliodd Morgan wrtho'i hun, gan wybod yn iawn beth oedd byw heb un mab. Roedd rhyw chwarter canrif wedi mynd heibio, ond doedd yr hiraeth fyth yn pylu. Roedd e yno bob dydd fel dwrn yn ei stumog. Ysgydwodd ei ben a cheisio dod o hyd i eiriau fyddai'n gosod y cyfrifoldeb ar ysgwyddau rhywun arall. Ond doedd yna neb. Eisteddodd hithau a'i phen ar ei bron yn mwytho'r darlun yn ei llaw grynedig. Carthodd Morgan ei wddf, fel pe bai ar fin dweud rhywbeth. Collodd ei lais yn rhywle.

'I have no money … to send home … no money for food. My mother is ill.'

Ysgydwodd Morgan ei ben. Gosododd hithau law ar bob llygad a'u cuddio. Allai hi ddim crio mwy. Roedd y nosweithiau a'r misoedd wedi bod yn ddigon hir a thrist yn barod. Ei charchar mud ymhell o gartref. Ymhell o bawb a phopeth pwysig. Doedd ganddi'r un dewis ond ymbil. Dychmygodd ei hun yn begeran gyda chenhedlaeth o ferched tebyg iddi hi. Dyna oedd ei dewis. Aros adre a gwybod nad oedd dim y gallai ei wneud ond symud i'r ddinas fawr a gadael ei mab am byth gyda'i mam. Dianc rhag hynny oedd hi wrth ddod i Brydain a phriodi Rhys. Gwneud ei dyletswydd fel merch a mam. Prynu paradwys. Doedd dim troi 'nôl.

Tlodi. Deallai Morgan yn iawn mai meistr caled oedd

hwnnw. Dim ond tlodi allai fesur methiant mewn bola gwag neu lygaid mam. Cludo cyflog ar adain y gwynt i gynnal cartref. Hwnnw oedd y gelyn pennaf. Eiddo oedd hithau hefyd. Nid mam. Nid merch. Un wyneb mewn rhes o wynebau tebyg. Yn ferch i neb, a'i byd mewn bag. Rhoddodd Morgan ei law yn dadol ar ei hysgwydd, a'i gadael yn ei dagrau.

Dydd Iau

Wnaeth e weud ei fod e'n fy ngharu i. Wedes inne wrtho am beidio bod mor ddwl. Doedd dim hast arno heddi … Dim hast o gwbwl. Fe orweddon am awr yn siarad a charu yn y tŷ gwair. Ond doedd dim gwerth meddwl am ddianc. Fe wedodd allen i wneud. Allen i adael y cwbwl lot ar ôl a mynd i fyw ato ge. Dechre o'r newydd … y ddou o' ni 'da'n gilydd. Prynu tŷ bach a pheidio becso am filie a gwaith ffarm. Fe wedodd bydde ddim ise i fi fecso am arian … bod digon 'dag e i ni'n dou.

Fe gredes i fe am funud 'fyd. Mae'n hawdd coelio ei gelwydde fe ambell dro. Maen nhw'n blasu'n well na'r gwir.

Pan ddaw e'r tro nesaf fe wedodd e fydde rhywbeth 'dag e i ddangos i fi … prawf o faint o'n i'n feddwl iddo fe. Ballodd e weud beth … wy'n dal i chwerthin nawr, wrth feddwl amdano fe'n gweud a finne fel rhyw groten fach yn dechrau chwarae meddylie beth alle fod …

Sobres i ddigon clou ar ôl i Morgan ddod adre a Rhys o'r ysgol a gweud bod angen i fi fynd mewn i drafod bore fory.

Roedd e wedi bod mewn ffeit arall, glei … Ac roedd mam y crwt arall wedi mynnu ein bod ni'n dod i drafod, achos bod bwlian ddim yn reit.

Fe holes i a oedd niwed ar y crwt 'ny. Roedd yr olwg ar wyneb Morgan yn gweud bod e … Fe holodd Morgan e'n dwll … pam fod e wedi rhoi black eye i'r crwt arall. Pam ei fod bron â'i ladd e. Beth oedd arno ge na 'se fe'n gallu deall bod e ddim yn reit i neud dolur cas i rywun arall … O'dd e wedi gweud rhywbeth i'w wylltu fe? Oedd e? Oedd e?

Ballodd y jiawl weud gair. Jyst iste fan 'na â dwy lygad gas yn poeri mellt a tharane. Dwy lygad ddu, ddu a'r gannwyll yn farw bron. Ges inne 'bach o ofan ei weld, ond alles i ddim mo'i blygu fe. Fe dries i 'ngore … fe 'nes i'r tro hyn … er mwyn Morgan yn fwy na neb. Fe dries i roi cwtsh fach iddo fe … a wedyn ma fe'n tynnu oddi wrtha i a'i lyged e'n galed ac yn oer. Edrychodd e drwydda i ac yn diwedd edryches inne drwyddo ge.

Pwy feddwl am ddianc ydw i … Does dim dianc i ga'l.

Cadw draw

'Na. Dim jobyn dyn yw mynd trwy bethe menyw ...' Dyna ddywedodd e. Dyna ddywedodd hithau hefyd. Gafaelodd ei mam yn y ffôn am achau cyn deall bod y llais ar yr ochr draw wedi hen fynd.

Fentrodd Manon ddim dweud pwy oedd yno. Ond fe wyddai wrth ei llygaid fod mwy nag un fenyw yn ei mam. Fe aeth hi draw i'r cwtsh dan stâr a mynd â'r rholyn bagiau duon gyda hi. Dywedodd wrth Nel am aros gartre i wneud bwyd i'w thad. Mentrodd ofyn ddwywaith iddi pwy oedd pia'r llais.

'Pwy oedd 'na? Gwedwch wrtha i, Mam. Pwy, Mam?' Edrychodd heibio iddi a mas am y bancyn tu ôl i'r tŷ. Gafaelodd Nel yn llaw ei mam a'i gwasgu. 'Alla i ddod? Alla i ddod i'ch helpu chi?' ymbiliodd yn ofer. Eisteddodd hi wedyn a'r rholyn o gwdau du yn ei llaw, a golwg fel 'se'r byd wedi bennu arni. Wnaeth hi ddim llefen.

Plygodd Nel wrth ei hochr a gofyn eto, 'Pwy o'dd 'na, Mam? I ble y'ch chi'n mynd?' Wedi drysu oedd hi fel hen wraig. Aeth am y car heb feddwl newid o'i slipers, hyd yn oed, na thynnu crib drwy ei gwallt.

Caeodd Nel ddrws y tŷ heb ddeall beth oedd arni yn y diwedd. Wedi drysu oedd hi, siŵr o fod, meddyliodd Nel. Fe ddaeth ei thad adref yn y diwedd. Brasgamodd Neurin i'r tŷ gan roi ei got bob dydd ar ei bachyn arferol a thynnu ei oferols a'u gadael yn rholyn di-drefn ar ben ei welingtyns. Fe ddywedodd wrtho fod rhywun wedi ffonio a bod golwg ar ei mam fel pe bai rhywun wedi marw, a'i bod wedi mynd heb ddweud dim wrthi, ond iddi baratoi swper. Cododd wyneb 'dim digon da' arni cyn codi'r ffôn a chwilio am berchennog y llais.

'Ife dyn oedd e?' poerodd. 'Gwed, lys? Gwed wrtha i: ife llais dyn neu fenyw oedd e? Ateb fi!'

Methodd ateb.

'S-Sai'n gwbod. Mam atebodd, dim fi.'

'Beth sy'n bod arnat ti? Ateb y cwestiwn. Pwy ddim gwbod wyt ti! O't ti 'na, yn'd o't ti?'

'Wel ... gweud rhywbeth am ... mai dim jobyn dyn oedd e ... dim jobyn dyn oedd e i fynd drwy bethe menyw.'

'Beth wyt ti'n feddwl, "pethe menyw"?'

'Fe 'steddodd hi fan 'na ar goll i gyd.' Lledodd hanner gwên dros ei weflau yn mwynhau. Rhwbiodd ei ên heb ei siafo a shiglo ei ben. Fe gododd hithau blatiad o dato a chig iddo i swper, ac fe fwytodd mewn tawelwch. Diferodd y grefi dros ei swch, a rhych ei dalcen yn adrodd cyfrolau.

Aeth oriau heibio cyn i'w mam ddod adref. A doedd ei meddwl hi ddim yno wedyn. Roedd hwnnw ymhell ar ôl yn rhywle.

Diflannu'n dawel bach wnaeth hithau hefyd. Esgus cau ieir tra eu bod nhw'n trafod. Ddywedodd hi ddim llawer. Dim ond gwrando arno fe'n ei rhybuddio i gadw draw o 'na'r tro nesaf. Ei fod e'n ddim byd i'w wneud gyda nhw rhagor. Ei bod hi i fynd i'r angladd ac yna anghofio am y cwbwl.

Sibrydodd hithau rywbeth am 'ddyled', a dyna pryd

gododd e o'i sedd. Nid cwympo wnaeth hi'r tro hwn. Doedd hi ddim yn fenyw letchwith. Fe gododd y clais ar ochr ei boch yn ddigon sydyn, a gorau'n byd oedd hynny. Mas mae lle clais, medden nhw, er mwyn iddo wella'n iawn. Fe aeth i'r bath a chael llonydd heno i fynd. Eisteddodd yntau'n fud o flaen y teli heb ddim i'w ddweud wrth neb.

Sylwodd neb ar Nel yn mynd mas i gwt y car. Yr agor a chau distaw bach. Y rhedeg fel milgi i ben tŷ gwair. Y twrio tawel. Lluniau oedd yn y cwdyn. Dyddiaduron a rhyw lyfrau sgrap. Lluniau'r fenyw ddieithr. Ei mam a'r fenyw ddieithr. Pethau'r fenyw ddieithr.

Dydd Gwener

Fe a'th e am adre tua 3, wedodd e falle fydde cyfle gyda fe ddod 'to cyn diwedd y mis. Edryches inne arno fe a gweud wrtho fe i fynd.

'Jyst cer!' wedes i, 'cyn sylwith neb fod ti 'ma.' O'n i wedi blino. Blino ar y cwbwl.

Teimlo'n tsiep ydw i nawr a bai neb ond fi'n hunan. I beth es i ddechre twyllo?

Wy'n twyllo neb ond fi'n hunan!

Dydd Mawrth

Dim lot i fynd tan Dolig. Fe gasgles eirin duon bach leni 'to ... mae'n llesol i ti fel fydde Dat yn gweud. Llond basgedaid fawr ohonyn nhw fel llygaid brain. Rhacso'r croen er mwyn cael gwell lliw na'r llynedd ... boddi'r cwbwl lot mewn jin gweddol o Co-op a digon o siwgir i'w mogi nhw i gyd. Fe osodes i bapur dan y diawled leni. Llond cornel yn y parlwr, rhag iddyn nhw sarnu'r pren fel naethon nhw'r llynedd.

Es i mas am wâc wedyn. Lawr i'r afon fach. Eisteddais ar y garreg fowr a meddwl amdano fe ... meddwl a meddwl tan i fi sythu'n y gwynt. Dda'th Morgan ddim adre i de.

Rhys yn cwato'n sièd yn neud rhyw booby traps i ddala gwenoliaid pan ddown nhw 'nôl yn gwanwyn ... Wedes i wrtho fydde fe'n well iddo hwpo'i ben yn llyfr na wasto'i amser.

Botwm

Cymylau. Tonnau du yn codi o'r ardd. Dyna ddeffrodd Manon fore trannoeth. Roedd hi wedi meddwl codi cyn chwech. Wedi meddwl codi cyn Neurin. Rhoi trefn ar bethau. Ond roedd y blinder wedi ei chornelu ac roedd yntau wedi achub y blaen arni. Gwelodd y fflamau coch yn codi'n bert o ganol yr ardd. Fflamau di-siâp, du a'u trwynau'n goch. Rhyfedd iddo ddechrau llosgi trash mor fore, meddyliodd. Gwisgodd amdani'n sgaprwth a mentro at y ffenest. Roedd drws ôl y car ar agor fel craith ac yntau'n cario'r sachau du yn ei gyfer i ganol y fflamau.

Tasgodd lawr stâr a'r anghrediniaeth yn ei dyrnu. Neidiodd gam. Llithrodd a chodi.

'Beth? Beth wyt ti'n neud? Fy ... fy mhethe i yw rheina ...' cododd ei llais yn gryg.

'Cer di 'nôl i'r tŷ os wyt ti'n gwbod beth sydd ore i ti, gwd gyrl ...' Rhybudd, dyna i gyd.

'Gad ti lonydd i rheina ... gad ti lonydd ... ein pethe ni yw rheina ...' mentrodd godi ei llais ato. ''Sda ti ddim hawl ... 'sda ti ddim hawl ... ddim hawl, ti'n deall?' Ei hanadl yn stacato.

'Ma 'da fi bob hawl. Well i bawb fel hyn. Os na gaei di dy geg dy hunan, chaei di ddim ceg neb arall!' Roedd ei gerddediad mor hunanfeddiannol. Mor ddinistriol bendant.

Clywodd Nel yn galw arni o ddrws y bac.

'Mam, beth sydd mla'n 'ma, Mam?'

'Dim! Cer i'r tŷ!'

'Ond Mam … pam y'ch chi'n llefen? Gwedwch, Mam. Pam ma Dat yn llosgi'r pethe 'na?'

'Dim! Cer i'r tŷ!' Roedd tristwch a thyndra yn llais ei mam. Fel tant ar dorri. Ufuddhaodd. O ffenest y gegin, gwelodd ei thad a'i gap fflat am ei ben yn cario'r cwdyn olaf i geg y fflamau. Y du dros y gwyn a'r fflamau'n ffarwelio â'r cwbwl. Pentyrrau'n ddestlus anniben. Creithiau newydd.

Synnodd wrth weld ei mam yn crafangu drwy'r fflamau. Croen ei chefn yn wyn ac yn ddieithr a'i dwylo'n goch. Ymgais ofer i achub y cynhwysion drud. Roedd e wedi colli arno'i hunan hefyd. Cydiodd yn ei blowsen a'i hysgwyd fel pe bai'n ddol. Ei ddwylo'n ddyrnau. Rhegi'r cymylau a chodi ei ddwrn, a'i lais fel pe bai'n gwybod nad oedd neb ar y clos i'w glywed. Dawns feddw, hyll yn y gwres, ei chosbi a'i hachub bob yn ail.

Rhyfedd, meddyliodd Nel, oedd gweld ei mam ar lawr a'i blows heb yr un botwm.

Dydd Sadwrn

Rhys wedi torri ffenest y sièd feics. Ddim damwain oedd honno chwaith. Morgan yn gweud bod dim iws rhoi pastwn iddo achos bod y crwt yn dioddef o hyd. 'Bach o amynedd oedd eisie medde fe … 'Bach o amynedd? Sbeit oedd ar y crwt. Dim byd ond sbeit. Wedes i fydde raid iddo fe dalu amdani. Disgwyl i ni ei gadw fe o hyd. 'Sdim gwrando i gael … Hen grwt benefer! Rhacso pob dim.

Carnifal yn pentref heddi. Ac ynte wedi meddwl mynd … Pwy fynd o'dd e?

Daeth lawr wedi gwisgo'n barod i fynd mas a Brut ei dad yn drewi dros y tŷ. Cryts y pentre wedi gweud wrtho i ddod, glei. Cwrdd wrth y clwb am 6. Diwrnod braf, ynte'n teimlo ei fod e'n haeddu mynd ar ôl helpu i garthu mas a staco tŷ gwair gyda'i dad!

'Dim ond lle i ddynion i feddwi ac i ryw fenwod â'u tits a tatŵs i ga'l tamaid gyda'r nos yw carnifal, 'ngwas bach i,' medde fi wrtho ge wrth dynnu dillad mewn o'r lein. Adre mae'i le fe. Fel ni i gyd! Wedodd e fydde fe'n cerdded. Cerdded i pentre drwy'r caeau, a nagoedd ise neb arno ge. Morgan fan 'ny fel bwmbwrth yn mynnu gweud fydde fe'n fodlon mynd i'w hôl e 'nôl pan fydde fe'n barod i ddod o 'na. Ond fod e'n reit iddo fe ga'l wâc fach. Cryts erill i gyd yn mynd. Wâc fach wir!

Fe ddechreuodd gicio a strancan wedyn. Torri twll yn drws y siéd lo a rhoi yffarn o gic i'r ci defaid dan ford.

Waeth beth ma fe'n weud, dim ond 16 yw e …

'Mynd i feddwi ffordd 'na ... werth dim fory,' wedes inne wrtho ge. Dim ond gwaith sydd o'i fla'n e. Man a man iddo ddechre ca'l 'i flas e'n barod.

Twlu'i din yn pentre a ninne â digon o ise ei help e.

Wedodd Morgan ddim. Dim ond sefyll yn edrych ar ei sgidie gwaith a chosi'i dalcen 'da cefen ei law. A dyna lle wy'n bennu 'dag e bob tro. Pam ddiawl na wede fe beth sydd ar ei feddwl e, yn lle sefyll fan 'na fel rhywbeth wedi'i stwffo? Werth mo'r diawl i neb. Yr un o'r ddou!

Rhys gath y gair ola' heddi ... geith e ddim o fe 'to!

Digon hawdd iddo fe boeri ...

Hyfed o raid ydw i ... Dim o ddewis.

Ci lladd defed …

'Os wyt ti'n mynnu lladd blydi defed, well i ti ddysgu'r ffordd galed, Mwrc!' Roedd y ci'n gyflymach nag oedd Rhys wedi meddwl. Anelodd y dryll eilwaith a chlywed ei glec yn corco yn ei law.

'Got you, Muttley,' gwaeddodd yn fuddugoliaethus. Lledodd gwên ar draws ei wyneb. 'Pethe'n dechre altro 'ma, bois. Ffacin lwc i'n dechre newid, weden i.' Bu'n chwilio am fisoedd am y troseddwr blewog. Taniodd y Land Rover a raspo'n ddienaid ar draws y cae i'r man lle gorweddai'r ci.

'Blydi wedes i, yn do fe? Pwy ise arth o beth fel hyn yng nghanol pentre sy? Blydi ci mowr yn moyn gwaith. Wel, 'na fe … Weithi di ddim lot rhagor, nei di, Mwrc? Lladd 'yn ffacin ddefed i … y cont ci.' Neidiodd o'r cerbyd a'r injan yn dal i chwyrnu. Roedd y ci yn gelain a'r gwaed yn bleth rhwng y blew. Rhoddodd gic iddo â blaen ei esgidiau gwaith. Aeth i boced ei wasgod.

Tynnodd lun o'r dihiryn a'i bostio'n browd ar Facebook.

'Crime and punishment … chapter and verse.'

Llusgodd y corff i gefn y Land Rover cyn gyrru'n ddwl am y gât. 'Presant bach neis i Phyllis nawr.' Chwarddodd wrtho'i hunan. 'Cwyno wrth y cops amdana i … nawr ma 'da ti rywbeth i gwyno amdano, a guess what, nobody gives a shit. Ain't that the truth, baby?'

Dringodd o'r Land Rover, cerdded yn hamddenol tua thrwyn y car, pwyso yn erbyn y bonnet ac agor ei ffôn.

Y cyntaf i ymateb i'r llun oedd Ned.

'Blydi pwdryn … O'n i'n meddwl bod hwnna fod yn gweithio.' Rhegodd wrtho'i hun. Canodd ei ffôn. Ned ei hun oedd yno.

'He-e-i, bullseye, 'de?'

'O'n i'n meddwl bo ti fod neud 'bach o waith?'

'Ie, coffi brêc bach, ife … human rights, achan … rhaid i ti alowo staff i ga'l coffi brêc!' atebodd Ned â llond ceg o'i basti boreol.

'Beth sy'n dy geg di, gwed? O'n i'n meddwl bo ti wedi ca'l cic owt 'da'r gwennen 'na sy 'da ti?'

'Pashdi, ife. Quality fill. Bown o ga'l rhywbeth cyn cinio, t'yl … growing lad!'

'Ie, gwed ti. Do, ges i'r diawl. Dead chick nawr 'no. Gwrsith e ddim byd ond angel o fan hyn mas!'

'Craist! Ci Phyllis oedd e 'de, ife? Ddalest ti fe wrthi?'

'Na, ddim cweit. Ond o'dd e mas yn 'y ngha' i. Neud 'i ffacin fusnes ac yn pipo biti'r lle. Fe o'dd e, garantîd. Ti'n gallu gweld wrtho ge. Savage, t'yl!'

'O!' Bu tawelwch am rai eiliadau, a chloch y gweplyfr yn canu yn ei hyd.

'Craist! Hei bòs, well i ti ga'l pip ar hwn glei, ymmm … Phyllis yn tampan … Mae newydd weld Facebook. So ddi'n hapus o gwbwl … slightly pissed off yn understatement!' Chwarddodd ar ei hymateb.

'Hen bryd glei! Pen dryll yw'r unig foddion i gi sy'n lladd defed.'

'Ffac, gobeithio bo ti wedi ca'l yr un iawn.'

'Wrth gwrs taw fe o'dd e. Trespassing, ta beth. Perffaith hawl gyda fi. P'un a o'dd pen dafad yn ei geg e neu beidio.'

'God, so'r general public yn bles o gwbwl … lot wedi comento bod e'n cruel i ladd e.'

'Cruel? Cruel … Ooooo … so o'dd lladd defed a ŵyn a rhaflo chops rheini'n iawn, o'dd e? Ond saethu un ci, na, ffacin arth, yn rong, oedd e? Jesus! Beth sy'n bod ar bobol? Watsho gormod o American bullshit … losing touch with reality, boi … geith hi'i ffacin gwbod hi nawr!' Heb ragor o eiriau, taflodd Rhys ei ffôn ar ben y dashbord y Land Rover a mynd am y gât ar ddwy droed. Clymodd y gât yn ddiogel a darllen yr arwydd uniaith yn gysurus ei gydwybod.

'Trespassers will be prosecuted … a gwir oedd y peth, bois bach … gwir oedd y peth. Un peth yn saff … neith e ddim o fe 'to!' Cyn iddo gael amser i eistedd yn ei sedd, pwy ddaeth yn faglau i gyd ond Phyllis a'i mab David, oedd yn rhy ffaeledig i wneud diwrnod o waith.

Roedd David yn ddigon hen i wybod yn well, ond roedd ei gyflwr ADHD yn parhau i fod yn rhwystr i'w yrfa. Bu'n gweithio am bythefnos yn hôl trolis i Tescos, ond ar ôl y ddamwain anffodus wrth golli natur ar ddyn mewn cadair olwyn oedd yn mynnu mynd yn ei ffordd wrth iddo wthio'r trolis drwy'r glaw, roedd yn rhaid iddo roi ei fathodyn 'Happy to help' yn ôl.

Bu gartre wedyn am dipyn, yn helpu ei fam oedd yn glanhau tai hen bobol ar un llaw a thynnu disability allowance â'r llall. Barodd y stint fach honno ddim yn hir chwaith. Dim ar ôl iddo 'fenthyg' ei siâr o gyffuriau hen wragedd y plwy a'u llyncu i gyd. Treuliai ei ddiwrnodau yn nhŷ ei fam yn magu bola wrth fwyta pot nwdls a takeaways. Kebabs yn fwy na dim. Roedd y ddau fel mwd o dew, ac ar hyn o bryd yn brasgamu tuag at Rhys mewn dillad Sports Direct a FitFlops. Rhai newydd.

'O, 'co nhw'n dod!' sibrydodd Rhys o dan ei anadl wrth weld y ddau dwmpath yn brasgamu tuag ato. Tynnodd un ar fwgyn. Tynnodd y llall ar bwmp asthma.

'Bashdyrd … iw didn't haf to cil my myfyr's dog.' David siaradodd gyntaf â'i wmed fel houl, yn glwstwr anffodus o sbotiau melyn. Rhythodd drwy ei sbectol frwnt a'i lygaid yn edrych i bob cornel ar yr un pryd. 'Y cachwr â ti … blydi cachwr. Fe ffonia i'r polîs … saethu Geoffrey bach.'

'Ti wedi darllen y sein … law-abiding citizen y'f i fan 'yn … gronda … naf i ffafr â ti gan bo ti'n cael ffwdan cerdded, yndyfe, a gan mai ti wyt ti, ife, Phyl fach. Galla i ddropo fe off i ti, ble ti moyn e? O flaen garej neu ar steps bla'n tŷ … Dim ffwdan i fi, t'yl. Dim ond i ti addo prynu bwji tro nesa.' Gwylltiodd Phyllis fel mam yn gwylltu dros ei phlentyn. Tynnodd y FitFlop oddi ar ei throed dde a chydio yng ngwar Rhys. Cafodd un neu ddwy glatshen cyn iddo ddeall beth oedd wedi ei gyrraedd. Dal i syllu drwy ei sbectol oedd David, a'i atal dweud yn ei atal rhag dweud wrth ei fam am fwrw'n galetach.

Anelodd Rhys am y Land Rover yn y diwedd a'i gwthio hi yn ôl ar ei chefn yn clawdd. Aeth at y cerbyd a llusgo'r clorwth ci wrth ei goes. Gadawodd iddo ddisgyn yn anniben nes bod ei dafod lipa yn hongian o'i geg a'r diferynion gwaed yn cyfarth ar y borfa.

'O, Geoffrey bach … Ooo!' criodd y ddau yn eu cynddaredd. Eisteddodd Rhys eilwaith yn y Land Rover a thanio'r injan.

'Blydi jipen dew!' Yn ei ddrych, gwelodd y ddau'n straffaglu i gario'r ci am adre. Rhwbiodd ei foch a gwenu.

Dewis

Y dewis oedd y broblem. Gormod o ddewis i ddewis rhyngddynt. Fe bwysodd Ned dros y bar fel un oedd wedi arfer gwneud. Doedd e ddim wedi meddwl meddwi. Doedd e ddim wedi meddwl dweud celwydd chwaith.

Glaniodd y slap ar ei foch a llosgi. Llefain oedd Nerys Myfanwy, annwyl ferch ei thad, tan bod ei llygaid yn goch a gwêr ei masgara yn rhedeg dros ei bochau fel dwy neu dair neidr dew. Am olwg ar fenyw, meddyliodd.

Ond doedd dim bai arno ge. Pe na bai dewis, fyddai ef heb fentro gwneud dim. Y dewis oedd y bai, nid fe! Heb beth diflas oedd dewis. Ond dyna fe, pa iws oedd bod yn ifanc os nad i ddethol o'r dewis.

'Ond Nerys, Ner … Ne-eer achan … babes … ba-a-abes!!! Paid cymryd e ffor' rong … jyst … Dere mas tu fas i ni siarad yn deidi … 'drych ti'n neud scene o flaen bois.' Safai Porfa a Ceglyn yn glustiau i gyd wrth y bar.

Glaniodd y dwrn fel bricsen ac wedyn un arall ac un arall ar ben honno.

'Jeees! Fenyw … 'nes i ffac ôl. Hi o'dd yn cwrso fi. Ges i ddim byd … gofyn i'r bois!' Melltodd ei llygaid o un ffrind i'r llall, ond fentrodd yr un cyfaill fynegi ei farn. 'Gro-onda, grynda, fenyw. Paid, paid … paa-aaid! Shit!'

Cododd Nerys y gwydr peint o gornel y bar a'i arllwys yn ofalus dros ei ben. Cerddodd am y drws. Roedd natur ei thad yn Nerys Myfanwy. Dychrynodd Ned wrth feddwl beth oedd union ganlyniadau'r fath noson.

Difarodd. Camodd tuag ati mewn ymgais i'w dilyn drwy'r drws, ond wedi iddo weld yr olwg fygythiol arni, penderfynodd aros yng nghysur diogel Ceglyn a Porfa wrth y bar.

Roedd gwaith cwrs neu rywbeth fel hynny ganddi hi i'w gwpla ac roedd noson dawel yng nghwmni hen gyfeillion wedi arwain yn annisgwyl at ryw ddrygioni diniwed yn nrws rhyw siop gyda slashen dal mewn sgert go fer.

Roedd hi'n dywyll ac roedd yntau wedi meddwi. Doedd obaith iddo ganolbwyntio o dan y fath amgylchiadau! Pe bai ond yn gwybod bod Nerys ar y ffordd, fyddai e heb fentro, wrth reswm.

Roedd wedi yfed ei chweched peint yn fachan mowr i gyd, ac o gornel ei lygad chwith yr hyn a welodd oedd dwy goes a phâr gogoneddus o … lygaid. Aeth i'r tŷ bach, a diawch erioed, pwy oedd yn digwydd dod i gwrdd ag e ond Kylie Marie. Doedd dim lle i symud mewn gwirionedd, a dyna'n rhannol oedd yn gyfrifol am y ffaith fod ei ddwylo wedi cyrraedd ei chanol yn gynt na dim arall. Roedd golwg sychedig arni hithau hefyd ac er mwyn bod o help iddi arllwysodd botelaid o WKD yn sgaprwth lawr ei chorn gwddf. Gwellodd hynny ei golwg hefyd. Poethodd yntau, ac wrth iddi ddod â'i thrwyn yn agos ato, anghofiodd y cwbwl am Nerys Myfanwy druan. Ei haddewid. Ei thalentau. A'i thad.

Bu'n brysur wedyn yn bwtso ac yn byseddu ei deimladau chwantus a drws y siop gyferbyn â'r dafarn yn gysgod perffaith rhag unrhyw farcud a'i lygaid. Fyddai pob dim wedi talu ffordd yn berffaith a dweud y gwir, oni bai iddo afael yn rhy hir yn llaw Kylie Marie (y glatshen goesog) a hithau Nerys Myfanwy annwyl yn aros amdano wrth y bar gyda pheint.

Teimlodd fel wiwer yng nghanol hewl. Doedd fawr o ddewis ganddo ond sgathru am gysur y goedwig o gyrff a safai rhyngddo ef a gwrthrychau ei serch. Hynny neu gael ei wasgu'n blet gan siom a chasineb ei wejen ddanheddog, dorcalonnus.

Methai'r un o'r ddwy ddeall beth oedd apêl y llall. A dim ond Ned a'i lygaid meddw welodd hynny.

'Y bitsh!' oedd y geiriau olaf i Ned eu clywed. Y funud nesaf, gwelodd lond dwrn o wallt du, du yn hedfan dros y bar. Estyniadau blewog fel cath anffodus yn dysgu hedfan. Crafodd yr ewinedd esgus nes tynnu gwaed. Ysgydwodd Ned ei ben mewn anghrediniaeth. Anodd credu sut gallai ef o bawb fod mor esgeulus â chreu'r fath storm.

Rhwng y coesau a'r breichiau oren frown a'r sgrechfeydd bygythiol, disgynnodd y ddwy yn ddominô ar lawr. Gwydrau'n garlibwns. Ciliodd y dyrfa i wneud lle i'r dymestl fronnog. Ambell fraich, ambell ddwrn, ambell foch tin heb dan … Dros y ford, dan y ford, parhaodd y dyrnu. O fewn pum munud, roedd trwyn Ned yn gwaedu hefyd, a'r ddwy a fu gynt mor dyner ar eu ffordd i A&E.

Dydd Mercher

Hen deimlad brwnt yw cael eich dal yn gweud celwydd. Dyw Morgan ddim yn haeddu hyn.

Rwy'n ffili cysgu … 'na shwt wy'n sgrifennu hwn. Ma'n rhaid i fi roi stop ar bethe … Alla i ddim mynd mla'n yn esgus fod popeth yn iawn. Dyw e ddim yn reit. Buon ni biti cael ein dala heddi. Ych, am ddiwrnod brwnt.

Pan 'wy 'dag e mae popeth yn reit. Fy nghorff i i gyd yn gweud bod popeth yn iawn. Bod dim ise i fi deimlo'n euog am fy mod i wedi talu digon i gael siâr o hapusrwydd.

O'n i'n glanhau llofft. Yr hwfer yn mynd ffwl pelt. Morgan wedi mynd i dorri pen cloddiau yn pentre ac ynte … y llall, yn yr ysgol. Glywes i ddim byd … a'r peth nesa deimles i oedd breichiau'n clymu fy nghanol i. Fe ges ofan i ddechre; wedyn wedes i wrtho, 'Beth ddiawl wyt ti'n neud ffordd hyn? Pam 'set ti wedi rhoi ring cyn dod?'

Do'n i ddim yn disgwyl ei weld e am wythnos arall … Wedodd e bod e'n ffili stopo meddwl amdana i ac roedd e'n meddwl galw i weud wrtha i … i weud wrtha i bod e'n fy ngharu i a bod neb yn ei ddeall e gymaint â fi.

Fe dynnon ein dillad fel rhyw bethe hanner call a charu yn y gwely sbâr. Mae'n deimlad od … dod â dyn dieithr i garu yn tŷ. Roedd popeth yn newydd, popeth heb fod o'r blaen. Fe orweddodd e'n fy mreichie i a chydio'n dynn am fy nghanol i fel 'sen ni'n gallu ateb pob gofid oedd 'dag e … o'n inne'n teimlo fel 'ny 'fyd … ond dim heddi o'dd y diwrnod i ddweud hynny wrtho fe.

Roedd ei gar e ar y clos. A Morgan wedi dod adre i hôl ei focs tocyn a ffeil i hogi chainsaw. Meddwl cwmpo'r goeden i Sara yn pentre, wedodd e …

Fe glywes i'r tractor yn ddigon clou a thasgu i wisgo a rhedeg lawr stâr … Gwnaeth ynte'r un peth a phan gyrhaeddodd Morgan mewn fe wedais wrtho mai Jehovah's Witness oedd e. Wedi dod i drafod … a'i fod e wedi gofyn am gael mynd i'r tŷ bach … ac fe fydde fe lawr nawr.

Edrychodd Morgan arna i, fel 'se fe'n gwbod fy mod i'n gweud celwydd, a gofyn,

'Beth oedd yn bod ar toilet mas?'

'Dim,' wedes i.

Gweud rhywbeth dan ei anadl wnaeth e wedyn am fod 'yn ddigon da iddo ynte'.

Cydiodd yn ei focs tocyn a gweud fydde fe 'nôl i fwydo'r creaduriaid. Fe ddilynes e mas i'r clos a wedodd e wrtha i fod ise sgidie newydd ar Rhys 'am fod gas gweld yr hen rai'. Nodiodd arna i'n bwyllog a chau drws y tractor a mynd.

Es i 'nôl i'r tŷ a 'mra i ddim arno'n reit.

Fe wedes i wrth y Jehovah am fynd. Pam bod mor esgeulus? Galw heb i ni drefnu fel 'sen i'n rhyw ffrwlen ugen oed.

Chwerthin wnaeth e a meddwl ei fod e'n ddoniol a gweud wrtha i am beidio bod mor ddifrifol am bob dim. Bod dim cliw gyda Morgan. Fydde popeth yn iawn.

'Beth?' wedes i fel matsien. 'Ma fe yn *ddifrifol.'*

A phryd 'ny deimles i gynta' ma rhywbeth tsiep o'n i iddo fe. Sbort, 'na i gyd. A finne wedi gadael i'n hunan feddwl yn wahanol.

Fe driodd e fy nhynnu i 'nôl lan llofft. Meddwl fydden ni ddigon saff ragor. Bydde Morgan ddim yn debygol o ddod 'nôl wedyn, medde fe.

Fe weles i wyneb Ifan yn y seld ... Ifan bach yn berffaith a finne'n sarnu'r cwbwl sydd ar ôl.

Eisteddodd e ar fraich y stôl a chau bwtwme 'i grys fel 'se dim byd i boeni amdano.

Golles fy natur 'dag e a gweud bod ise tsieco'i ben e. Chwerthin pan doedd dim byd i chwerthin amdano. Fe lefes yn fy natur. Llefen torri calon am fod pob dim ddim yn reit ... am fod y blydi lot yn rong ... o dduw bach, beth ydw i wedi'i neud i haeddu hyn?

'So ti'n gweld?' holes i. 'So ti'n gallu gweld? Ddylet ti ddim fod wedi dod!'

'Pryd?' medde fe. 'Heddi neu ddim o gwbwl?'

'DDIM O GWBWL!' waeddes i. 'So ti'n helpu dim. So ti'n deall 'de? Hy? Hy? Ddylet ti ddim fod wedi dechre pethe!'

'Fi?' mynte ge a rhyw wên ffili coelo ar ei wyneb e. A finne'n gwbod mai nid fe o'dd ar fai i gyd.

Fe bwdodd e wedyn a sobri a hanner gweud sori pan doedd hwnnw ddim yn ddigon.

Gaeodd e ddrws ei gar ac edrych bant pan o'n i ise iddo fe edrych arna i. Ysgwydes i fy mhen yn ffili deall beth halodd i fi gredu yndo fe yn y lle cynta.

Fe eisteddes yn swp ar stepen y drws am ache. Cwato fy llyged a llefen nes bo fi'n grac am lefen.

Falle ddaw e ddim 'to ... dim ond gêm yw hyn iddo fe. Falle ddylen ni fennu'r cwbwl. Ma gormod 'da fi i golli ... yn'd oes e ... i golli mwy.

Swyno ...

Roedd y swper ar y ford yn barod ac ôl ymdrech arno. Gwyddai Han nad oedd Rhys gartre. Roedd hwnnw wedi mynd ar y silwair. Oriau di-ben-draw o lonydd a neb i'w blesio ond Morgan. Gosododd y pentwr llythyrau ar bwys y botel sos coch a sefyll yn dawel ger y stof. Smwddiodd ei siwmper dros ei chanol gyda'i dwylo golchi llestri. Llythyr i'w chwaer i ddweud ei bod yn gweld ei heisiau. I ddweud bod yr hiraeth yn ei llethu. Bod arni ofn ei chysgod a bod ei breuddwydion wedi eu chwalu i gyd oni bai am Morgan. Morgan annwyl, Morgan fwyn. Morgan dadol yn cadw'r blaidd o'r drws.

Llythyr i'w mam, yn frwd ac yn fywiog i gyd, yn sôn am ddigonedd a chartref a chwmni a chariad un nad oedd wedi ei siomi o gwbwl. Am ei gobeithion y câi cyn hir ei chwmni yma gyda hi. A'i mab bach. I hwn rhoes restr o deganau a phrofiadau glan môr a gwely glân a gwlad o hud a lledrith mewn coflaid o addewidion gwag. Hufen iâ o obeithion a melysion mwya'r byd.

Cyn hir, cyn hir cei ddod i rannu gwely Mam. Cyn hir, fy mabi bach, fy mab, fy mhopeth. Addewid mam.

'Yes, yes, Han fach, I'll be going in to town tomorrow. I'll post them for you then.' Syllodd hithau yn hir heb ddweud yr un gair. Meddyliodd amdano'n deffro hebddi, chwilio'r tŷ am ei fam a chofiodd iddi ddweud na fyddai'n hir cyn anfon amdano. Mynd i rywle i chwilio gwaith er mwyn bod digon ganddi i'w gadw. Mam-gu yn fam dros dro, dim ond dros dro. Addo, addo, mae Mam yn addo. Ailosododd y tegil ar y tân.

'Oh, chips then, is it! Rhys out tonight again ... rain on the way ... check the glass ... check the barometer by the door ... tap it ... rain? Yes, I thought so. What a summer, eh?' Bwytodd lond cegaid a throi'r llwy de yn y mẁg. Troi a throi tan i'r siwgr doddi. A throi eto gan ei fod yn hoffi'r sŵn. 'Silage contracting – long hours, but handy to have cash in hand, you know. Nice to have some peace and quiet, isn't it? Everything ok with you?' Cododd ei lygaid i fesur ei hymateb. Roedd rhywbeth yn ei phoeni. Doedd dim angen iddi ddweud hynny wrtho. 'Everything alright with the baby?'

'My mother is sick. My son ... she cannot look after him.' Diflannodd ei llais. Llyncodd Morgan ei gegaid cyn iddo golli ei flas. Torrodd. Cyllell yn crafu plat. Cyllell yn cwrso. Saib hir.

'What does Rhys think?' gofynnodd, yn y gobaith y câi ef osgoi cymryd cyfrifoldeb drosti. Teimlai'n lletchwith. Doedd hyn yn ddim o'i fusnes ef. Busnes gŵr a gwraig oedd e. Nid rhyw dad yng nghyfraith oedd yn digwydd bod yn gwmni gwell na'r gŵr. Ond o wybod ei fod yn ddyn gwell na'i fab, daliodd Han ei thir.

'I cannot stay here without him!' Bu tawelwch. Roedd y misoedd ers iddi gyrraedd wedi plethu'n gyflym, a hithau wedi dod yn rhan o'r teulu. Rhan dawel, ddi-ffws ac etifedd bach yn waddol ynddi. Carthodd Morgan ei wddf cyn dweud, 'Do you want to go home?' Rhythodd hithau'n fud arno. Nid dyna'r cynnig roedd hi wedi disgwyl ei glywed. Roedd wedi gobeithio y byddai e'n fwy amyneddgar a chroesawgar. Cododd Morgan tsipen arall yn dawel o'i blât. Bwytodd gan osgoi edrych i fyw ei llygaid. Cwrsodd bysen. Llyncodd.

'You need to speak to Rhys.'

'But he is never home … he is out again tonight … he is happy that I will give him a family, but I …'

'Does he know?' Osgôdd hithau ei lygaid ac eistedd wrth y Rayburn heb air o'i cheg.

'Ask him. If he says yes, then I'll see what I can do. Your son … how old is he again?'

'Seven. He is seven.'

'And your mother … how ill is she?' Ysgydwodd Han ei phen. Beth oedd ef i fod i'w wneud? Rhys yn gwneud annibendod eto ac yntau'n gorfod clirio'r cwbwl. Os gwnâi unrhyw beth heb drafod gydag e gyntaf, dim ond mwy o ffwdan gâi e wedyn. Gwyddai hithau'n iawn nad oedd gobaith iddi mewn gwirionedd. Doedd cwmni Rhys yn ddim ond trefn amhleserus. Plesio er mwyn peidio cael dolur. Doedd yr wythnosau diwethaf heb fod yn fawr o gysur chwaith. Pan nad oedd diddordeb ganddo ynddi, doedd ganddi ddim ond amheuon i gymryd ei le.

Pe câi arian i ymadael, beth wedyn? Beth oedd gwerth mam mewn gwlad lle nad oedd arian ganddi i fagu ei phlentyn? Doedd methu eilwaith ddim tamaid rhwyddach na methu unwaith. Tra bo ganddi blentyn yn etifedd, roedd ganddi ddyfodol. Pa mor herc bynnag oedd hwnnw, roedd yn well na dim.

Beth allai hi ei wneud i swyno Morgan? Beth allai ei wneud? Cododd o'i heistedd a cherdded yn araf tuag at y ford.

'I can not go home!' meddai'n dawel.

Ffrind

Safodd y diferynion dagrau ar ffrâm ei sbectol. Ei gwisgo er mwyn cuddio'r tu ôl iddi roedd hi.

Trodd yr wy yn y ffreipan a gweld y braster yn poeri yn y gwres. Roedd ei thu mewn yn corddi a'r dialedd yn dân. Ond ni fentrai wireddu dim. Roedd Neurin wedi gadael ers awr. Wedi mynd i baratoi'r peiriant ysgwyd gwair yn y cae tu ôl tŷ. Roedd hi'n addo wythnos go lew, ac roedd yntau bob amser gyda'r cyntaf i wrando ar gyngor boi'r weather. Torrodd bum cae yn barod am wres yr haul. Rhoddodd yr wy ar y plat heb ddim awydd i'w fwyta. Galwodd ar Nel.

'Nel! Cwyd! Mae bron yn saith, well i ti ddod cyn iddo fe sylwi dy fod ti'n dal yn dy wely.' Ni chlywodd wichian arferol y styllod pren. Na chwaith ddrws y bathrwm yn agor a chau. Mentrodd eto.

'Nel?' Brasgamodd lan stâr i weld sut olwg oedd ar ei merch. Roedd y gwely'n wag. Trodd ei llaw ym mhant y gwely a'i gael yn oer. Rhyfeddodd cyn mynd yn unswydd i'r ffenest i weld a oedd golwg ohoni'n unman. Doedd 'na'r un. Aeth am lawr a phlygu ei phen wrth fesur uchder y nenfwd.

Ar bwys plat yr wy roedd llun. Llun o ddwy ferch tua deg oed yn chwarae ar lan y môr. Bwced a rhaw yr un a'u gwalltiau wedi eu plethu'n union yr un fath. Syllodd y ferch ar ei mam. Syllodd y fam ar y llun heb ddweud yr un gair.

'Pwy yw hi, Mam?'

Ni chafodd ateb. Oerodd yr wy.

'Gwedwch, Mam!'

'Wyt ti wedi codi'n barod, wyt ti? Wedi bod yn y tŷ gwair wrth dy olwg di … yn wair i gyd.'

'Pwy sy 'da chi fan 'na?'

Pwyllodd Manon gan droi'r stori'n fwriadol.

'Well i ti fynd i gasglu wyau ar ôl brecwast. Ise cacen yn barod i de, rhag ofan ddaw bois i helpu rhibino … pawb yn lico 'bach o gacen … sbynj falle, neu bancwsen. Ie, pancwsen yn rhwyddach na dim … er, ma gwaith troi nhw, yn'd oes e? Alli di helpu os wyt ti moyn. A ma siŵr o fod well i ti ddysgu dy stwff ar gyfer y gymanfa ganu. Naws gwell bo ti'n mynd ffor' 'na ddim yn gwbod dy waith. Ise i ti wrando ar y têp. Cer di i parlwr, hwp e mla'n am ryw hanner awr fach … neu fyddi di'n canu lan 'da'r sopranos 'to. Gei di neud fel ti'n dewis wedyn.'

'Pwy yw hi, Mam?' Safodd Manon wrth y ffenest a thynnu ei llaw dros y dwst. Holodd heb droi ei chefn i wynebu ei merch, 'Ble gest ti afael yn hwnna? O'r tân, ife?'

Chafodd hi ddim ateb.

'Gofala di na losgi di … ma tân yn beth dansheris, cofia … lot o wres 'na hyd yn oed oes nag oes fflame.' Trodd yn sydyn ac ymestyn am y llun. Anwesodd y darlun Polaroid a rhedeg ei bys dros y wynebau. 'O'r tân? Ife?' Chwarddodd wrth afael ynddo.

Gwylie haf 1977, Cei.

Sibrydodd ryw eiriau wrthi'i hunan … rhywbeth am gelwydd … neu gyfrinache.

'Odi ddi'n perthyn i chi, Mam?' Chafodd hithau

ddim ateb. Roedd ei mam yn ei byd bach ei hun wrth iddi edrych ar y plant yn y llun. Dwy ferch. Dwy chwaer. Cofiodd amdanynt, hi a Rosa, yn bwyta'r brechdanau creision a'r tywod yn crensian rhwng eu dannedd.

'Ife ffrind yw hi?'

Roedd ambell gelwydd yn rhwyddach i'w dderbyn na'r gwir.

'Ie, Nel fach, ffrind.'

Hanner llyncodd Nel yr wy ond nid y stori. Parhaodd ei mam i dynnu dwst oddi ar y sìl ffenest ac ailosod y papurau banc yn saff yn nrâr y ford.

'Pam nad y'n ni byth yn mynd i Cei, Mam? Pam nad yw'ch ffrind chi byth yn galw 'ma i'ch gweld chi ambell waith?' Esgusodd Manon beidio clywed. Methai Nel gofio i lot o ffrindiau ei mam alw am glonc erioed.

Clywodd y ddwy'r ci defaid yn carthu ei wddf ac yn mynd yn sigl-di-gwt i gyfeiriad yr esgidiau gwaith. Plannodd hithau'r llun yn gymysg â'r trugareddau yng nghylla'r iâr wydr ar sìl y ffenest a chilio o'r ffordd.

Dydd Mercher

Mae e wedi cadw draw ers mis. Falle fod hynny'n rhwyddach i bawb mewn gwirionedd. Fe wedes i wrtho bod rhaid i bethau newid. Ond does dim cysur mewn hiraeth pan nad yw e'n agos. Fe es am wâc yn car. Ble ddylen i ddechre edrych? Dilyn fy nhrwyn a gobeithio welen i olwg ohono fe. Pam na fynnes i gael gwbod mwy amdano? Pam na fynnes i wbod y cwbwl amdano? Alla i holi'n hunan yn dwll, ond doedd e ddim yn bwysig ar y pryd. Ei gael e 'ma oedd yn bwysig … a mynd o fis i fis tan alwe fe 'to.

Alla i ddim anadlu … pryd ddaw e 'to? Mae'n rhaid iddo alw … alla i ddim byw hebddo fe …

Fe es i'r fynwent yn diwedd … mynd fel fydda i'n neud bob dydd. Mynd i ga'l clonc 'da Ifan, fy un bach i.

Hen beth cas

Dechreuodd y ddau'n fore. Ac ar ôl symud hen foncyff i wneud drws, roedd y den yn edrych yn ddigon parchus. Roedd Gwern wedi llwyddo i fenthyg dwy hen sosban bwydo'r ffowls i'r gegin, a hithau Nel wedi llwyddo i ddwyn dyrnaid o gordenni bêls i'w plethu a chlymu ambell frigyn fan hyn a ffordd 'co, i wneud parlwr gorau.

'Gŵlash? Gŵlash? Beth ddiawl yw hwnnw?' Roedd llygaid Nel yn llawn chwilfrydedd.

'Hungarian yw hi, wedodd Mam. Klaudia yw ei henw hi. Mae'n dod 'co i olchi ffwrn a rhyw bethe fel 'ny. Handi i Mam pan fydd hi wedi bod yn gweithio nights.'

'Morwyn fach ti'n feddwl?'

'Ie, sort of. Mae'n dod bob dydd Gwener i olchi dillad a smwddio ac ambell dro mae'n gadael llond pot o fwyd i ni 'fyd. Gŵlash gelon ni p'nosweth. Codi ei drwyn arno fe wnaeth Dad, ond fel wedodd Mam, hwnna neu dim byd yw e! Fytodd e fe'n diwedd, ar ôl ei gwrso fe rownd ei blat am gwarter awr.'

'Fytest ti fe, 'de?'

'Jiw jiw, naddo. O'dd Mam wedi neud fish fingers i fi … Fel 'na mae Mam. Un rheol i Dad, un arall i fi.' Gosodwyd dail yn y sosban fwyaf i'w berwi'n hudol i ginio. Tamaid o frigau a whishen sionc o bridd i halltu'r cwbwl lot.

'Ie, ffindest ti mas pwy o'dd y fenyw yn y llun, 'de?' Bu tawelwch am eiliad.

'Naddo, ond …'

'Ond be? Mas ag e. Ma gwaith 'da ni,' meddai Gwern, wrth lusgo carreg i greu ford.

'Wel, ti'n cofio'r nosweth dda'th Mam adre'n hwyr â llond y car o bin liners du?'

'Ie.'

'Wel, fe ges i bip tu fewn i'r rhan fwyaf ohonyn nhw, ac o'dd hwn 'na,' meddai Nel, wrth dynnu llyfr sgrap o waelod ei bag ysgol.

'Blydi hel!' rhyfeddodd Gwern. 'Pwy sy wedi casglu rhain at ei gilydd?'

Wedi eu gludo wrth bob tudalen roedd lluniau ohoni hi. Lluniau papur newydd oedd y rhan fwyaf ohonynt. Hithau yn yr ysgol feithrin neu mewn rhyw gyngerdd ysgol Sul … roedd hyd yn oed llun ohoni pan ddaeth yn drydydd am ganu alaw werin.

'Ych, a 'co honna. Blydi Gwenno Mererid … wastad yn dod yn gynta. Alle hi fod wedi torri honna mas!'

'Ie, neu dynnu pâr o sbecs iddi a rhoi dou ddant du iddi.' Edrychodd y ddau o un dudalen i'r llall. Ar bwys pob llun, mewn ysgrifen daclus, roedd ei hoed a'r dyddiad wedi eu nodi.

'Falle mai dy fam-gu fuodd wrthi.'

'Na, 'sdim un o reina i ga'l 'da fi. Ffrind wedodd Mam oedd hi … ond sai'n credu bod hi'n disgwyl i fi gredu 'ny. Mae wedi cwato'r llun nawr rhag ofan i Dat gael gafael yndo ge.' Ond pam ei fod mewn yng nghanol y pethe dieithr a pham llosgi'r cwbwl lot?

Roedd yr helfa am gwningen i ginio wedi bod yn fethiant o'r dechrau. Doedd gan yr un o'r ddau fawr o awydd nac arbenigedd mewn blingo creadur, heb sôn am y gallu i ladd un.

'Ddest ti â rhywbeth gyda ti i fyta, 'de?' holodd Nel, gan wybod bod mam Gwern yn un dda am gwca cacs.

'Wel, ma cacs Women's League ar y ford 'da ddi'n oeri. Ond well i ni beidio mentro rhag ofan gewn ni'n dala.'

'Ma siŵr o fod ambell un wedi llosgi gyda ddi … 'Se'n dr'eni bo nhw'n mynd i fwced y cŵn a ni'n dou biti starfo!' Ystyriodd yntau hefyd. O fod yn unig blentyn, roedd ei fam yn fodlon rhoi mwy na'i siâr i Gwern, ac felly wrth i'r glaw gau am y cwm, cydiodd y ddau yn eu beiciau a mynd dwmp dwmp lawr y bryn am gartref Gwern.

Y cyntaf i'w gweld yn dod drwy'r bwlch oedd Ianto, tad Gwern. Un da am dynnu coes oedd e, a'r unig ddyn erioed iddynt ei adnabod oedd berchen pâr o ddannedd dodi. Bob cyfle gâi i godi cywilydd ar ei wraig, byddai'n chwarae ei dafod o dan y dannedd nes gwneud iddyn nhw edrych fel tasen nhw'n gwneud dawns yn ei geg.

'Ie … be' sy mla'n 'da chi'ch dou? Golwg ddrygionus arnoch chi,' gofynnodd â winc ddireidus yn ei lygad. Roedd e wrthi'n dweud wrth Tomek, y gwas newydd, sut oedd carthu o dan y lloi. Roedd y slabyn Pwyl wedi bod wrthi ers mis bellach, yn dysgu sut oedd deall yr hanner Cymraeg, hanner Saesneg. A chan nad oedd ganddo afael o'r un iaith yn iawn, roedd ystumiau Ianto'n werth eu gweld.

'Here! Take this fforch here … and this whilber here … look now … fill it up … and drop it off down by the domen … shit down there … that is the domen … got it? Good boy. Avril, the wife … yes, in the house … cup of tea when you've finished.' Gwyddai y byddai hynny o anogaeth yn ddigon i unrhyw ddyn.

Trodd yn ôl at y plant oedd wrthi'n rhoi pwmpad sionc i deier blaen beic Nel.

'Ie, beth sydd mla'n 'da ti 'de, Nel fach? Heb weld dy dad ers sawl diwrnod. Shwt mae'i hwyl e, gwed?'

'Odi, ma fe'n gwd, jolch … lot o waith 'co … 'sdim amser i seguran, wedodd e.' Nagoes ynta, meddyliodd Ianto a hanner gwên ar ei wyneb. Brwcsodd wallt ei fab a gosod ei law yn dyner ar ei ysgwydd.

'Te ar y ford. Dy fam wedi bod wrthi'n neud cêcs. Gofyn iddi ddod mas â chwpaned i fi pan geith hi gyfle … ise troi'r fuwch mewn at y lloi bach arna i gynta.' Aeth y ddau ar frys i nôl te.

'Ma cŵn bach gyda ni!' oedd geiriau cyntaf Nel cyn iddi eistedd wrth y ford, bron. Gwelodd y plataid o gacennau bach a'r jam yn llyfu gwefusau'r plat.

'Jiw jiw, oes e wir? Ie, dy fam yn cadw'n weddol? So ni wedi ei gweld hi ers sawl mis. Gwed wrthi os oes chwant arni ddod i'r Women's League, neu'r côr falle. O'dd dy fam yn joio canu flynydde 'nôl. Ddof fi heibio ddi. Ti'n meddwl lice ddi ddod?' Heb feddwl dim, atebodd Nel, 'Mae'n fishi ofnadw a gweud y gwir. Lot o waith.'

'Oes, oes. Dy fam yn lot o help ar y clos, yn'd yw hi?' Nodiodd Nel â llond ceg o gacen hufen. Bochiodd Gwern gymaint gallodd ei geg ddal hefyd, tan i'w fam ei atgoffa nad mochyn oedd e.

'Mmm, cacs neis 'da chi, Avril!' Gwenodd honno wrth weld yr hufen yn grymen ar wefus Nel.

'Oes ieir gyda chi nawr 'de, Nel? A licet ti fynd â hanner dwsin o wyau i dy fam, gwed? Ma digon i ga'l

’ma!’ Ysgydwodd Nel ei phen a chnoi’r hyn oedd yn ei cheg yn barod.

‘Na, well i fi beidio.’

‘Pam ’ny, Nel fach? Fydd ddim ise i dy dad wybod bo ti wedi ca’l nhw ’ma, t’yl. Weda i ddim un gair. ’Co, fe roia i nhw mewn yn dy fag ysgol di. Rho nhw i dy fam a gweud bod Avril yn cofio ati.’ Derbyniodd Nel yr anrheg yn y diwedd, ac ar ôl llanw eu boliau, aeth y ddau i wylio Tomek yn rhofio’r gwellt yn y whilber. Heb ’run blewyn am ei ben. Roedd e wrthi’n chwarae’r clown wrth whilbero’r dom i’r domen a Gwern a Nel yn chwerthin am ei ben.

Clywodd Nel y fan yn dod ymhell cyn iddi ddod i’r golwg. Y funud nesaf pwy gyrhaeddodd yn dymer i gyd yn ei fan waith ond ei thad.

‘Fan hyn wyt ti’r hen groten ddiawl. Dere, o’n i’n meddwl mai fan hyn fyddet ti.’ I achub ei chroen, daeth Avril i’r golwg a Ianto o dop y clos. Gwyddai’r ddau nad un i chwarae oedd Neurin, ar unrhyw adeg o’r dydd.

‘Jiw, Neurin, beth sy mla’n ’da ti? Wedi dod i de wyt ti, ife?’ Cnodd Neurin ei wefus isaf i ddofi ei dymer.

‘Ise’r groten ’ma gytre sydd arna i … ei mam wedi … cwmpo ac ise’i help hi.’

‘Jiw jiw,’ mentrodd Avril, gan dynnu ei ffedog wrth siarad. ‘O’s well i fi ddod lan ati? Odi ddi wedi bod at y doctor?’

‘Nadi,’ atebodd yntau’n bendant, ‘’sdim ise’r un doctor arnon ni … cwmpo’n lletchwith, ’na i gyd … ’bach o niwed i’w hip. Dim byd werth siarad amdano. Dere, Nel!’ Cydiodd yn ei beic cyn iddi gael amser i wneud dim, a gwyddai mai pregeth oedd o'i blaen. Gwelodd Avril ei phen yn disgyn a chamodd tuag ati.

'Paid ti becso, Nel fach, bydd dy fam yn iawn. Fe ddof i draw i weld shwt ma ddi bore fory. Bydd hi siŵr o fod wedi cael amser i dynnu'i hunan at ei gilydd erbyn 'ny. Licet ti fynd â phlated o gacs gyda ti, Neurin? Digon i ga'l 'ma, cofia!'

'Na!' fel rheg.

'Wel, rho wybod os oes ise help arnat ti. Unrhyw bryd nawr, cofia … Dim ond i ti roi ring a ddof i draw, t'yl … dim un ffwdan.' Roedd drws y pic-yp wedi hen gau a wyneb taran Neurin wedi llosgi yn llygaid y pedwar ar y clos.

Chafodd Nel yr un gair ganddo ar y ffordd 'nôl. Roedd y tawelwch yn waeth na dim. A phan gyrhaeddon nhw'r clos, roedd yr olwg ar wyneb ei mam yn dweud y cwbwl. Safai fel hen wraig gan ddal ei phwysau yng nghefn y stôl. Oedd, roedd hi wedi cwympo, ac roedd y graith ddofn o dan ei gwefus yn dweud hynny hefyd.

Hen beth cas oedd cywilydd, meddyliodd Manon. Roedd hwnnw'n fwy hallt na'r gwaed.

Tynnodd Nel yr wyau a'r bocs cacs o'i bag fel bradwr a'u gosod yn dawel yn y llaethdy o dan y dorth. Fe gollon nhw eu blas yn ddigon clou.

Dydd Mercher

A phan es i i ddisgwyl, o'dd e Morgan yn meddwl bod rhyw wyrth wedi digwydd. Gwyrth mawr y cread.

Gorfod i fi weud wrtho ge yn diwedd mai nid fe oedd ag e. Peidiwch â 'marnu i.

Oedd ofan arno ge. Mwy o ofan i ddechre. Ofan beth fydde pobol yn weud … digwydd i bobol erill ma pethe fel hyn. Nid i ni … digon o gawl yn barod … fi sydd ar fai …

Cael ei wared e oedd e'n moyn wedyn. A wedyn sobrodd e. Shwt allen ni ladd plentyn arall? Roedd angau un wedi'n llorio ni'n dou, pwy les oedd gwneud hynny 'to? Fe wedes i bopeth wrtho ge. Doedd e ddim yn moyn clywed ond oedd raid iddo fe gael gwbod.

Fe lyncodd e'r cwbwl lot heb godi dwrn na dannod dim i fi. Fe wrandawodd e. A phlygu ei ben fel dyn wedi danto … dries i gydio yn ei law e … neud pethe'n iawn … gadawodd e'n llaw i 'na; heb gydio dim … dim … ei law e fel llaw farw a'i lygaid e'n goch.

Ac yn waeth na dim, fe faddeuodd e i fi. Fe faddeuodd e i fi ar un amod.

Faddeua i fyth i ti *am hynny, Morgan.*

Sêl ddodrefn

Roedd diwrnod sêl ddodrefn yn sicr o dynnu crowd, a doedd heddiw ddim yn eithriad. Roedd y lle dan ei sang o gymdogion a deliwrs ac ambell un heb ei lyfr main oedd ddim ond yn dod i fusnesa. Un o'r rheini heddiw oedd Morgan. Doedd arno ddim awydd prynu dim. Roedd popeth oedd ei angen arno ganddo'n barod, ond os oedd bargen, dyma'r lle i'w chael.

Bwytodd y crwstyn bara menyn yn ddisymwth a mynd am wâc arall o amgylch y celfi mawr a sŵn yr ocsiwnîyr yn diwn undonog yn y cefndir.

'Hyt ten pound … ten pound … ten pound … hyt … fifteen … fifteen … hyt twenty … hyt twenty twenty twenty … hyt twenty pound … twe-nty pounds … hyt twenty … twe-nty … selling for twenty … once … twice … sold … Number? Jones Tŷ Capel … 455. Next lot … bric-a-brac … some nice stuff … llestri te … plate … lovely pattern … someone give me what … thirty pounds … hyt thirty thirty …'

Gwthiodd Morgan ei ffordd i gefn y cylch gwerthu. Doedd e ddim yn un i eistedd. Byddai'n anodd iddo weld y tu ôl iddo wedyn. Gwell oedd ganddo ddod o hyd i fariwns i bwyso yn eu herbyn a mesur gwerth y dyrfa ddieithr heb ofni cosi ei drwyn rhag i'r arwerthwr feddwl ei fod am brynu.

Ar fusnes tebyg roedd hi Mati hefyd, a'i gwallt melynddu wedi ei dynnu'n dynn i fandyn. Ar ôl magu pump o blant ymdebygai ei chorff i sach dato, a siwmper fawr rhyw ddyn oedd amdani gan amlaf. Sychodd Morgan y briwsion bara oddi ar ei wyneb heb ei siafo a mentro gam yn nes ati. Doedd hi ddim yn un am lawer o ffws a diolchodd Morgan am hynny. Yr oedran hyn doedd pethau fel 'ny ddim yn bwysig, meddyliodd wrtho'i hun. Doedd dim amynedd ganddo i ryw chwarae swcabô.

Roedd hi wedi llygadu hen lestri te. Meddwl mentro i fyd y vintage afternoon teas oedd hi. Doedd llanw tafarn â phobol feddw ddim bob tro'n hawdd. Ar ddiwrnodau carnifal neu bartïon deunaw, roedd gobaith gwneud yn go lew. Ond araf iawn oedd busnes o ddydd Llun i ddydd Gwener. Wrth gynnig te prynhawn, meddyliodd Mati, byddai modd iddi ddenu ambell ladi i'w thafarn. Brechdan ham a bun bakery neu ddwy fyddai cystal â'r Ritz unrhyw ddiwrnod.

'Ie … dim lwc tro 'na, 'de?' holodd Morgan yn dawel. Ysgydwodd hithau ei phen a'i llygaid yn ddiamynedd.

'Blydi dealers yn hwpo prise popeth lan rhywle … meddwl ca'l bargen o'n i … 'drych arnyn nhw … ma'n nhw'n bla.' Gwelodd ambell filgi hirwallt â modrwy ar bob bys, twll yn eu clustiau ac ôl ffag yn felyn ar eu bysedd mwgu. Y rhain oedd gwrthrych casineb Mati; a gwyddai pawb a'i hadnabyddai'n dda nad un i'w chroesi oedd Mati. Bob hyn a hyn, byddai ambell ddeliwr yn gorfod codi i fynd i flaen y dyrfa i edrych yn ofalus i focs yn llawn hen bethau, a phan fyddai'r bocs yn un gwerth siarad amdano, rhaid oedd gwisgo sbectol neu dynnu chwyddwydr o'r boced fel eu bod nhw'n edrych fel petaen nhw'n deall rhywbeth.

Symudodd David Dickinson dlawd yn ôl i'w gadair

ail-law a safodd Mati'n rhythu'n fud ar yr arwerthwr. Daeth rhyw drangwns diwerth i'r ford werthu. Clywodd y ddau dôn rythmig yr arwerthwr wrth iddo fynnu pris am y trangwns. Dim gobaith. Gwerthu eto gyda rhywbeth gwell, fel bod pwy bynnag a'u prynai'n cael y ffwdan o daflu'r jync ar ei ran. Ni thorrodd Morgan yr un gair. Gwyddai'n iawn mai'r grefft gydag ambell fenyw oedd cau ei ben mewn pryd.

Twriodd yng ngwaelod poced ei got waco a dod o hyd i ddyrnaid o bunnoedd. Mentrodd ofyn, 'Ti moyn te? Fe gaf fi de i ti os ti moyn.'

'Ie. Dou siwgir. Dim lla'th,' atebodd hithau, heb dynnu ei llygaid oddi ar yr cynnyrch nad oedd eto wedi ei werthu. Wrth i Morgan droi am y fan fwyd, gwaeddodd hithau, 'A dere KitKat i fi 'fyd.' Gwnaeth fel y dywedodd a diolchodd Morgan o weld Kermit yn dod tuag ato. Un enwog oedd Kermit am wneud dim byd. Arferai fod yn berchen ei fferm ei hun. Unig etifedd. Ond yn anffodus, doedd awydd ei dad i weithio a chasglu cyfeiri heb ei etifeddu ganddo fe. Roedd yn well gan Kermit fynd am wâc fan hyn a fan 'co. Darllen papur yn y fan, cwrs i'r mart ac, ar ôl i'w wraig ei adael a mynd â hanner ei siâr, doedd dim lot mwy iddo'i wneud ond gwylio'r heol a dala'r slac yn dynn. Enw ysgol oedd Kermit.

'Ti fel broga'n styc yn y tar, grwt!' oedd geiriau ei athro ymarfer corff. 'Ti'n jwmpo, ond ddim yn mynd i unman!' Felly y bu ei gymeriad hyd yn oed ar ôl gadael, a daeth yr enw Kermit yn fwy addas na'i enw gwreiddiol.

'Hei Kermit … ti'n go lew?'

'O, gweddol, bachan … ti wedi ca'l bargen, gwed? Lot o growd 'ma, o's e? Lot gormod os ti'n gofyn i fi.'

'Pam? Ti'n chwilo rhywbeth, 'de?'

'Na, jyst pipo, t'yl. Ti byth yn gwbod beth gei di mewn sêl ddodrefn. Wedi hanner ffansïo'r seld 'co fan 'co … Blydi wraig wedi mynd â'n un i.'

''Rôl y divorce settlement, ife?'

'Ie … busnes costus, alla i weud wrthot ti. Man a man 'sen i wedi'i chadw hi, a gobeithio mai hi farwe gynta.' Chwarddodd wrtho'i hunan, a'i wên ddiniwed ddrwg yn dangos llond pen o ddannedd melyn.

'Ie, tithe'n cadw'n fisi, glywes i? Bois ifenc 'ma'n deall y cwbwl yn'd y'n nhw … 'na fe. Daw'r byd â nhw i'w lle, 'sdim dou. Ddysgan nhw ffordd galed yn diwedd.' Diolchodd am ei de a'i fara brith ac aeth â'i gwt rhwng ei goesau i fesur y seld gyda'i lygad. Galwodd ar Morgan, 'Iasu, 'na grefft t'yl … 'drycha di ar y joint 'na fan 'na … gwaith teidi, t'yl … solid, boi! Celficyn gwerth ei alw'n gelficyn. Gystel i fi weld faint eith hi, t'yl … safith i fi brynu tamaid o leino yn kitchen … sgwaryn yn ise ers i'r blydi fenyw 'na fynd â'r hen seld, t'yl.'

'Ie, ti wedi ei mesur hi, 'de?' holodd Morgan wrth ddal dau gwpanaid o de gwan mewn cwpanau gwyn a thop y KitKat yn chwarae bipô dros boced ei oferols gwaith.

'Dependo'n gwmws pwy fydd ar ei hôl hi nawr, t'yl … so ti moyn talu trwy dy drwyn nawr, wyt ti? Wedi ca'l porcad yn barod!'

'Ie,' meddai Morgan gan gymryd llwnc wff-wff o'r te. 'Y blydi fenyw 'na, ife?'

'Gwed wrtha i …' meddai Kermit wedyn gan bwyso'i ben yn agos at boced y KitKat.

'Wyt ti wedi clywed amdanyn nhw 'de, gwed?'

Lledaenodd gwên Kermit yn beryglus ar draws ei weflau hanner siafo.

'Pwy "nhw"?'

'Nhw, achan … y menwod 'ma … rhyw dŷ i ga'l ffordd hyn rhywle yn cadw menwod i … ti'n gwbod.' Llyfodd ei wefus isaf fel ci yn meddwl am asgwrn.

'Pwy fenwod nawr?'

'Polish, achan … dynion yn galw 'na bob awr o'r dydd a'r nos yn ôl y sôn … meddwl o'n i o't ti wedi clywed rhyw sôn.'

'Jiw, jiw, shwt odw i fod gwbod, gwed?'

'Wel, meddwl a bod Rhys chi wedi dod gartre ag un 'dag e'n wraig.' Dweud heb feddwl oedd Kermit. Doedd e ddim yn enwog am ei ddawn dweud dim. Twp ac nid slei oedd e.

'Dim Polish yw honna, achan. Be s'arnat ti'r twpsyn? Croten deidi yw hon'co. O Tailand neu rywle!' Rhyfeddodd iddo dwymo drosto. Ond doedd Kermit fawr callach.

'Wel, o'dd polîs 'na p'nosweth yn ôl beth glywes i. Lle ar diawl 'na, glei … tair o' nhw wrthi, cofia, a dim rhyw bethe ifenc o'n nhw chwaith. Hen lags. Wedodd rhywun fod y ferch 'na sy bia'r siop rhywbeth i neud â nhw. Dod â nhw mewn 'run pryd â ma'n nhw'n dod â'r mwg drwg a'r ffags tsiep mewn. Tr'eni, cofia … Ffordd hyn o bob man. Dow dow, pethe wedi newid yn'd y'n nhw? Ddim fel hyn pan o'n ni'n blant, cofia. Pob sort yn byd. So ti'n gwbod beth ddiawl yw eu hanes nhw. Neud bywoliaeth ar 'u cefnau, pwy feddylie, ife. A digon o waith arall i ga'l mas 'na iddyn nhw. Yffach. 'Na fe – arian da, glei. Boi yr income tax yn siŵr o fynd â'i hanner e tase fe'n gwbod, t'yl. Mochyn o beth.' Chwarddodd Kermit yn frwnt a'i drwyn yn rhychau bach.

'Na, heb glywed dim, t'yl,' meddai Morgan, a'i wên yn mygu'n dawel tu ôl i'w gwpan te. Roedd busnes pobol eraill lawer gwell na'ch busnes chi'ch hunan. Aeth yn ôl draw at Mati. Diolchodd wrth weld gwên foddhaus ar ei hwyneb a morthwyl yr arwerthwr yn glanio'n drwm.

Pan ddychwelodd Morgan o'r dre, gwyddai fod rhywbeth wedi digwydd cyn iddo dynnu'r hambrec ar y pic-yp. Safai Han yn y drws a rhyw newydd yn wyn ar ei hwyneb.

'I told him to stop … he would not listen. He said that …' gwylltiodd i ddweud a phowliodd y dagrau i lawr ei gruddiau.

'What has he done now? Rhys! RH-Y-YS! Beth wyt ti wedi'i neud i'r ferch 'ma nawr? Ateb fi, grwt! RHYS … gwed. Gwed!' Doedd dim ateb. Doedd dim sôn amdano yn unman, a buan y clywodd ei fod wedi mynd.

Camodd Morgan yn bwyllog at y drws. Doedd dim angen iddo ofyn am esboniad pellach ar achos y ddrama. O gornel ei lygad gwelodd y bocs pren a'r tamaid tywel ar ei waelod yn eistedd yn euog o flaen y tŷ. Doedd dim sôn am Bonso'r ci defaid.

'Where is the dog?' Trodd ei ben i'r ochr, fel pe bai'n medru clywed yn well wrth wneud. Dilynodd ei llygaid hi'n araf at ddannedd rhwgnog y tractor ar y clos. Methodd ddeall. Oedd; roedd hi'n ddiwrnod carthu mas. Ond beth oedd a wnelo hynny â Bonso?

Amneidiodd hithau eto i gyfeiriad y tractor.

Gwawriodd arno wrth weld blaen ei gwt yn hongian yn llipa yn y bwced gwyrdd. Fe'i taflwyd fel pe bai'n sbariwns o flaen mochyn. Pentwr o wellt a dom odano a'i lygaid yn euog drist.

Ysgydwodd Morgan ei ben.

'Y bastard bach!' rhegodd o dan ei anadl. Rhwbiodd ei wyneb yn ei ddwylo. 'Y bastard bach!'

Dydd Llun

Ces i ddewis 'dag e. Gwaredu'r un fach – ei rhoi ddi bant, fel Moses yn yr hesg, anghofio amdani, ac fe allen i aros, a byw yn hapus unwaith eto. Ni'n tri lle fuodd pedwar.

Claddu

Cydiodd Morgan yn y rhaw fach a'i llafn yn grac yn erbyn y pridd. Roedd hi'n ddiwrnod gwlyb. Diferai'r glaw yn afon dros ei wyneb. Cododd y gaib i ryddhau'r tir oddi wrth ei gilydd. Cododd glytsen a'i thaflu i'r ochr.

'Y bastard crwt 'na … ei dwlu fe mas ddylen i neud. Dangos y drws i'r diawl … ca'l y blydi lot erio'd … y bastardyn bach … ddysga i wers iddo fe nawr … geith e wbod pwy yw'r bòs … dod ffor' hyn y fachan mowr … cawlo'r ffacin …' Yng nghanol ei regfeydd, pwy ddaeth adre ar garlam i gyd ond Rhys, a'r bocs anifeiliaid yn tasgu dros y tyllau yn yr hewl.

Poerodd Morgan cyn sychu'r glaw oddi ar ei dalcen. Roedd y twll yn ddigon mawr erbyn hyn. Agorodd y sach i gael un pip eto ar ei hen ffrind. Tynnodd y gwellt o'i flew. Anwesodd e cyn ei ostwng yn dawel i'r gwely bach gwlyb.

'Blydi gwd ffycin ci, t'yl. One of the best, ife, Bonso bach … one of the best. Cysga di nawr, hen foi bach … cysga di!' Pentyrrodd y pwdel yn ôl drosto a chau'r graith yn y pridd o dan y goeden afalau.

Big nyts 'ma …

Llyncodd Ned fel pe bai'n llyncu dwy stôl. Safodd yn nrws Mwffasa â blodau yn ei ddwylo ewinedd brwnt. Er galw'n ddiddiwedd ar ei ffôn ac eistedd am oriau yn ei Escort Mark 2 i weld cysgod ohoni, ni fagodd Ned y dewrder i fentro'n agos i geg gas Mwffasa.

Canodd y gloch am y trydydd tro. Ni fyddai wedi mentro dala ei fys yn hirach nag oedd raid ar y botwm gwyn oni bai iddo weld Mwffasa yn gadael gyda'i wraig ddwy funud ynghynt.

Arhosodd. Syllodd drwy'r gwydr rhag ofn fod Nerys Myfanwy dyner heb sylwi ei fod yno. Curodd y drws. Plygodd a chodi fflap y blwch postio.

'Nerys? Nerys achan. Fi wedi dod â blode i ti. Dy ffêfrets di … c'mon, gad fi mewn, ife? Gewn ni siarad wedyn. Gronda, sai'n mynd i preso charges am yr attack … let it go, ife … fel *Frozen* … ffac sêc, fenyw … c'mon achan … fi biti byrsto ise pishad fan hyn … plis gad fi mewn.' Doedd dim sôn amdani o hyd, er y gwyddai'n iawn ei bod yno. Roedd ei Mini bach gwyn yn sefyll yn y dreif a'r plat preifet 'FIT 1' heb symud drwy'r bore. Dylai e wybod, roedd e wedi bod yn cysgodi ben pella'r seit â'i hwdi dros ei glustiau ers pythefnos.

Yna yn hollol annisgwyl, clywodd:

'Ffac. Off!'

'Be? Beth? Ooo!' Y fath ryddhad. 'Be wedest ti, cariad? Gwd gyrl fach nawr, agor y drws, ife. So ti moyn tynnu sylw ata i nawr, wyt ti?'

'Ti'n twat!' bloeddiodd eto.

'Be? Twat? Odw, fi yn twat, fi'n gwbod, ond I'm *your* twat, ife, babes!'

'Piss off, fi'n hêto ti ... TI WEDI TOTALLY DESTROIO LOVE NI ... TOTALLY!' criodd.

'Babes, paid llefen, c'mon. Ddigwyddodd ddim byd. Jyst dala ei llaw hi o'n i. Ast dwp wedi meddwi, t'yl, ac wedi cwmpo yn ei sic ei hunan. Helpu ddi lan o'n i. Onest to God, t'yl. Pwy fynd 'da rhywbeth fel 'na. O'dd hi'n right off.'

Parhaodd y crio. Ymbiliodd yntau.

'Babes. Agor y drws i Big Nyts, ife. C'mon. Fi wedi dod â blode i ti ... Ffêfrets ti ... 'co ... rhosys.' Postiodd ben un mewn drwy'r twll postio, ac un arall ac un arall tan bod y cwbwl lot ar lawr y cyntedd.

'Rhosys melyn ife, babes, ddim rhai comon coch fel pawb arall, t'yl. I did remember, achos so ti yn comon, wyt ti ... Classy bird fi, ife, babes?'

Pwldagodd Nerys Myfanwy, 'Hyyyyyy-hyyyy-hyy! You've broken my heart. Shwt allet ti hiwmiliêto fi fel 'na? Ma Dadi yn mynd i dy ladd di pan welith e ti 'to ... absolutely choppo balls ti off a phopeth a wedes i ... wedes i, na, Dadi, na. I love 'im. I ffacin love 'im, see ... Hyyyyyy-hyyyy-hyy.' Agorodd y drws. Eisteddai Nerys Myfanwy ar lawr mewn gwn-nos Mickey Mouse a phâr o slipers back-to-the-70s ei mam, peep toes pinc o groen dafad. Roedd ei llygaid yn goch a'i gwallt heb ei olchi ers i'r drychineb ddigwydd.

'Je-sus babes, beth ffac ...?!' Plygodd Ned ati a rhyfeddu bod wejen mor glamyrys yn gallu edrych mor uffernol heb golur.

''Naf i 'bach o goffi i ti, ife babes?' dywedodd wrth grychu ei drwyn.

'OMG, be ti'n trial gweud? Ti'n trial gweud bod dog breath 'da fi? Ife? Ife?'

'God na, babes, na, ti'n smelo'n lyfli … lysh! Jyst meddwl bod syched arnat ti! Hei, hei, dere 'ma-a-a-a. Heiii … fi'n lyfo ti!'

'Fi'n lyfo ti 'fyd … really lyfo ti.' Cydiodd Ned ynddi a'i chodi o'r llawr. Er gwaetha ei hanadl foreol a'r wyneb heb golur, Nerys Myfanwy oedd y fenyw iddo fe.

'Big Nyts 'ma … Big Nyts 'ma,' meddai'n ddiffuant gan rwbio'i chefn yn dadol.

Ar hynny, clywyd sŵn car yn tynnu mewn yn y dreif y tu fas.

Myfanwy, mam Nerys Myfanwy oedd yno … pwy arall? … ac yntau … Mwffasa â'i wyneb Rambo. Carlamodd calon Ned a gollyngodd Nerys Myfanwy heb feddwl ddwywaith.

'Mam fach … jiiiis … ma … ma'n nhw 'nôl. Beth-fi'n-mynd-i-neud?' Rhuthrodd am y gegin gan chwilio am gysgod. Doedd dim i'w gael. 'Tu ôl cyrtens … ble ma'r cyrtens … blydi blinds … my go-o-od … Ble af fi? Ma fe'n mynd i sbaddu fi … ffac, ffac.'

'Paid becso. Ecsbleina i iddyn nhw. Weda i bod ti wedi addo fyddi di byth yn neud e 'to. Bydd popeth yn iawn.'

'Popeth yn iawn? Really ...? Ti off dy blydi ben, glei ... fi'n mynd lan lofft. Gwata i dan dy wely di. Ie, lan lofft. God! Ma'r dyn 'na'n crazy.'

Trodd yr allwedd yn y clo a Ned yn chwysu lan llofft. Yn anffodus iddo ef, nid oedd erioed wedi bod lan llofft o'r blaen. Taflodd ei hun yn ei gyfer o dan wely super king. Gwely lledr cadarn a llun parchus o Mwffasa yn ei ddyddiau gorau fel cagefighter mewn ffrâm anferth uwch ei ben – pencampwr, yn ôl y label oddi tano.

Bu'n gorwedd yno am dros awr heb symud gewyn rhag i'r llawr wichian. Dechreuodd feddwl am fynd i'r tŷ bach ... o ... o-o ... oooo ... am gael rhyddhad!

Doedd dim iws iddo symud. Clywodd leisiau yn y stafell oddi tano a difarodd ei enaid nad aeth am ddrws y bac yn lle am lan llofft. Gallai fod adre'n gwylio Jeremy Kyle neu WWE nawr a gallai fod wedi cael ei ollyngdod mawr erbyn hyn hefyd.

'Ti'n edrych yn fwy chirpy nawr Mickey Mouse fach. Ti'n ok?' holodd ei thad yn bwyllog dawel. Roedd ei mam, yn ôl sŵn y tegell, wedi mynd i wneud te a chlywodd arogl hyfryd tost cynnes yn rholio lan stâr. Roedd Ned yn dechrau chwantu bwyd hefyd ond doedd yr awydd hwnnw'n ddim o'i gymharu â'r awydd i fynd i'r tŷ bach. Penderfynodd symud i weld a oedd en suite i'w gael yn ystafell wely Mwffasa. Roedd dau ddrws ... Tybiodd mai drws y walk in wardrobe oedd un, gobeithiai i'r nefoedd mai'r tŷ bach oedd y llall ...

Pam na ddôi Nerys Myfanwy annwyl lan i'w achub? Doedd dim sôn amdani'n ceisio cael gwared o'i rhieni.

Cododd ar ei bengliniau gan feddwl byddai lledaenu ei bwysau dros y llawr yn llai tebygol o wneud sŵn. Cripiodd yn ofalus ar ei bedwar am y drws cyntaf ... Cywir! Cwpwrdd dillad. Dillad menyw. Aeth am yr ail gan feddwl yn siwr mai tŷ bach fyddai yno. Agorodd gornel y drws ... Damo! Damo! Mwy o ddillad. Dillad menyw. Pwy eisiau gymaint o ddillad oedd ar unrhyw fenyw?

Aeth ei feddwl ar ras. Doedd gan Ned ddim dewis. Roedd y wasgfa ar ei bledren yn argyfyngus. Roedd ar fin byrsto. O gornel ei lygad gwelodd botel Lucozade ddiniwed ar y cwpwrdd ger y gwely. A fentrai, dyna'r cwestiwn. Ystyriodd. Pe agorai ddrws yr ystafell byddent yn sicr o'i glywed. Pe agorai'r ffenest a phisho tu fas, byddent yn sicr o feddwl ei bod hi'n bwrw glaw. Ond, pe bishai yn y botel ...

'Jîniys!' meddai wrtho'i hunan a chropian yn dawel bach yr holl ffordd i ochr draw'r gwely. Cyrhaeddodd. Agorodd y botel a chymryd un sniff cyflym, ie, Lucozade. Llyncodd beth i wneud lle i fwy o'i bisho, ac ... 'AaaaaaaAAAAAHHHHH ... Hwwwwwwwwwwfff! Thank God ffor ddat ...'

Hanner ffordd drwy'r mosiwn clywodd sŵn traed a rheini'n rhedeg lan y grisiau.

'O God!' meddyliodd Ned wrtho'i hun. Ond fedrai e ddim rhoi stop ar ryfethrwy'r llif.

'Ned!' gwaeddodd Nerys Myfanwy. Rhewodd. Beth oedd yn bod ar y ferch? Yn gweiddi ei enw a Mwffasa a Myfanwy, mam Nerys Myfanwy, yn dal yn tŷ! Roedd wedi treulio dros awr yn cuddio o dan gwely a nawr dyma hi yn gweiddi ei enw?

'Ned!' agorodd y drws. 'Ned? Alli di ddod lawr nawr!' Syllodd Ned yn hir arni. Syllodd hithau'n hirach arno fe ... yn dal botel o Lucozade mewn man lle na ddylai potel gael ei dala.

Sibrydodd Ned yn daer, 'Blydi hel, fenyw! Pwy ddod lawr ydw i? Fi in hiding ers awr a fi biti byrsto sawl gwaith drosto! Beth ti'n feddwl, dod lawr?'

'Ned, ma dy gar di mas tu fas. Ma' nhw'n gwbod bo

ti 'ma. Ma Dadi'n wherthin 'i ben off o fla'n teli a Mami mas yn kitchen yn yfed te. O'n nhw'n meddwl faint gymre fe iti ddod lawr ... quite entertaining really.'

'Ti yn ffacin jocan,' sibrydodd eto.

'Ie, ma nhw'n iawn. Ma Mami a Dadi yn gw'bod what Nerys Myfanwy wants, Nerys Myfanwy gets, a wel ... I want you, ife Big Nyts.'

Ysgwydodd Ned ei ben mewn anghrediniaeth. 'Ti yn ffacin jocan ... Ti. Ddim. Yn. Ffacin. Jocan.'

Gwenodd hithau'n llon, y bres newydd yn sgleinio yn ei phen, 'Sili, sili boi,' mwmialodd cyn symud ato ac ymestyn am y botel Lucozade.

'Wow! Blydi hel, groten ... wow... Wooow! No way.' Ymladdodd gyda'i llaw. 'No way. Dim fan hyn. I've got my standards. Respect, ife ... to the king, fel ma' nhw'n gweud yn y beibl. Wedyn ife, babes ... Time and a place. Wela i di mas law ... pick you up at five, ife ... gei di roi digon o waith i hwn wedyn, ife!' Caeodd ei gopish, yn falch o gael gwneud a llithro'n dawel lawr y grisiau.

Symudodd ei mam na'i thad yr un fodfedd o'u lle, dim ond galw'n gynnes arno, 'Ti'n go lew Ned?'

'Afternoon nap ife, Ned?'

'Ie rhywbeth fel 'na,' atebodd yntau gan gochi hyd fôn ei glustiau.

'Wedyn 'de ife, Big Nyts,' meddai Nerys Myfanwy'n dyner.

Nodiodd Big Nyts yn dawel a diflannu'n ddiolchgar i'w gar.

Sort of ...

Pam mai hir pob aros, meddyliodd Rhys wrtho'i hun. Roedd hi Han wedi mynd i mewn ers dros awr. Gwyliodd y cleifion yn eu gwisg nos yn mwgu yn y cyntedd. Cnodd ei chewing gum tan nad oedd yr un blasyn arno. Chwarae eto gyda'i ffôn. Tynnu'r dwst oddi ar y speedometer. Hala neges destun ati. Dim ateb. Ymestynnodd am un o'r poteli dŵr hanner llawn ar lawr y car a chymryd llond ceg ohoni'n ddifeddwl. Agorodd ddrws y car a phenderfynu dilyn ei drwyn i'r ysbyty. Heibio'r mwg a'r drws trydan. Heibio'r gwynt coffi du a'r henoed mewn cadeiriau olwyn. Fyddai e ddim wedi ffwdanu dod heddiw oni bai ei bod hi'n methu gyrru. Pwysodd ei ben i'r dderbynfa a synnu wrth weld hen gariad iddo'n gweithio'r tu ôl i'r cownter. Casi Cocwyllt, neb llai. Real gwd thing, os cofiai yn iawn.

'Jiw, Casi achan. Shwt wyt ti ers blynydde maith? O'n i ddim yn gwbod mai fan hyn ti'n gweithio nawr.' Gwenodd hithau'n falch o'i weld. Cochodd cyn twcio'i gwallt y tu ôl i'w chlust llawn tlysau. Chwech bob ochr a bod yn fanwl gywir.

'Ooo. Haia Rhys ... Rhys Bryn. Bois bach, ti wedi newid dim ... haha-hhm-mm!' Esgusodd symud rhyw ddogfennau pwysicach na'i gilydd y tu ôl i'r cownter.

'Ie, long time no see!' Sylwodd ar y fodrwy denau ar ei bys a mentrodd holi i wneud yn siŵr. 'Ti'n ... ym ... ti'n briod nawr 'de?' Doedd Rhys ddim yn un i wastraffu amser, a doedd modrwy ddim yn gwneud dim gwahaniaeth i neb a dweud y gwir. Gwenodd a phwyso ymhellach dros y cownter. Diolchodd iddo gael cawod a rhoi'r botel Lynx yn blastar dros ei grys gorau.

'Sort of,' meddai hithau â winc yn ei llygad. Chwarddodd yntau a rhoi un pip sionc o'i amgylch i weld a oedd rhywun arall yno roedd e'n ei nabod.

'Tithe?' holodd Casi yn ewn.

'Hahmmmm … sort of, ife.' Piffiodd y ddau tan i'r ffôn ganu. Brysiodd hithau i'w ateb. Ond symudodd e ddim. Parhaodd i syllu arni a blaen ei dafod yn golchi ei wefus uchaf gan bwyll bach.

'Ie, ti'n dost, gwed? Meddwl beth wyt ti'n neud fan hyn. 'Sdim golwg rhy ffôl arnat ti.'

'Hmmm, wel, gwed ti! Ma 'bach o wres arna i a gweud y gwir.' Gafaelodd yn ei llaw a'i gosod ar ei dalcen. 'Beth wyt ti'n feddwl, Nyrs?'

'Haha, sai'n nyrs, ond hmmm, wel, falle fod 'bach o wres yndot ti. Hy-hyhhyha.'

'Hot thing, t'yl!' meddai yntau'n llawn coegni, a chwarddodd gan ddal ei llaw yn hirach nag oedd raid.

'Ise i ti weld specialist weden i … Fydden i ddim yn moyn i ti ddod lawr â rhywbeth catching … neu serious.' Gollyngodd ei llaw. Ond parhaodd y ddau i syllu i fyw llygaid ei gilydd.

'Na, dropo rhywun off 'ma,' meddai Rhys wrth droi i fusnesa. 'Ffordd hyn ti'n byw nawr, ife?'

'Wel, fi actually'n byw gartre 'da Mami a Dadi.'

'O! Pethe ddim wedi gweithio mas fel o't ti wedi meddwl, ife? Tr'eni. Falle ddylen ni ga'l catch-up bach cyn hir. Fel yn y good old days, ife?'

'Clywed bo ti wedi gwahanu 'fyd?' meddai hithau'n ffug-druenus rhwng ei gwefusau lolipop.

'Ie …' meddai yntau. 'Sort of …'

Yn feichus gyda'i chot dros ei braich, pwy ddaeth am y dderbynfa ond Han. Cododd Rhys ei lygaid yn ddiamynedd a chwympodd ei wep. Syllodd Casi arni heb ddeall y cysylltiad.

'Yes, can I help you?'

Trodd Han at Rhys a dweud yn ddigon bodlon, 'They say … I have a little boy! Everything is fine.' Mesurodd Casi'r ferch ddieithr o'i thalcen i'w throed ddwywaith. Culhaodd ei llygaid. Diawlodd Rhys yn dawel bach wrtho'i hun: ''Na ddiwedd honna, 'de.'

'Oooo! Dropo rhywun off, ife?' dywedodd Casi yn y diwedd, gan geisio cuddio ei siom.

'Ie. Sgan … five months, ife?' Disgynnodd ei gwên ymhellach fyth.

'O! Ti a … hon, ife?' dywedodd, gan bwyntio at y fenyw foliog.

'Yes. We are having a boy!' mentrodd Han, gan ddeall digon o iaith eu cyrff i wybod beth oedd ystyr ei geiriau.

'Ooooh! How … lovely,' atebodd Casi cyn gofyn, 'Is it your first child?' Syllodd o un wyneb i'r llall a'i haeliau du, du fel marciau cwestiwn ar ei thalcen.

'Ie,' atebodd yntau. 'Sort of. Reit, well i ni fynd … falle wela i di … cyn hir nawr, ife?' cynigiodd Rhys wrth adael. Cododd hithau ei thrwyn yn grych â gwên ffug-felys.

'Ie. So ti'n newid dim, wyt ti, ha-hmmmm. Pam lai? Ife fel yn y good old days, ife Reesie … All the best with your baby.'

'Ie wir!' meddai yntau a rhwbio'i ddwylo'n arfog wrth fynd drwy'r drws.

'You know her?' holodd Han, a'i hwyneb yn llawn cwestiynau.

'Oh, no, no, just some slag I used to know. Nobody for you to worry about.' Agorodd ddrws y car yn fonheddwr mawr a dweud, 'Good job it's a boy, isn't it? Beauty! I'm having a boy.' Yn annisgwyl, cydiodd yn ei boch a'i chusanu'n drwsgwl. Eisteddodd Han yn dawel yn sedd y car, a'r byd mor berffaith ag y gallai fod.

Dydd Mercher

Fe ges i'r un fach. Ac fe wnes i ei gadael ar ôl 'da hi. Es i adre. Es i lawr i'r gwaelodion a dano ... Mygu. Mygu. Mygu. Beth iws yw llaeth heb fabi? Fydda i ddim yn hir cyn danto nawr. Fe ddylen i fod yn cysgu, ond alla i ddim. Dim ond hel meddylie am beth ddylen i fod wedi'i neud yn lle ei rhoi ddi bant. Alla i ddim cario mla'n fel hyn. Ma'n nhw'n gweud wrthoch chi i beidio â'u magu nhw ... dim ond gorwe' 'nôl a gadael iddyn nhw fynd â nhw. Fe glywes i ddi'n sgrechen. Fy mabi bach i ... fe adawes iddi hi ei golchi a'n newid ni'n dwy a 'mola i'n corddi ise gweud wrthi na allen fynd drwyddi ... fy mabi bach i yw hi ... Gweud wrthi am adael ni fod.

Pe bawn i wedi ei bwydo hi fy hunan, sai'n credu fydden ni wedi gallu gweud gwd bei.

Ma Morgan yn gweud ma gadael llonydd fydde ore. Symud mla'n a gadael llonydd. Ein busnes ni yw hwn, mynte ge wedyn, a neb arall. Ond anodd gyda fi gredu allwn ni gadw'r celwydd rhag dod mas am byth.

Fe ddethon gatre tua chwech a finne'n gorwedd yn y bath tan ei fod e'n oer. Y dŵr yn goch i gyd, ei gwaed hithau a'n un inne – dyw hwnnw ddim wedi gwahanu.

Mae fel tro diwetha pan golles i Ifan ond yn waeth bron. Ma hon yn fyw! Ond 'wy ddim yn gallu mynd ati.

Dydd Mawrth

Ddim yn deg, medde Neurin. Ddim yn deg ... ei haddo hi iddyn nhw a wedyn tynnu 'nôl. Cadw at fy ngair wedodd e, wedyn fydde ynte'n gwneud 'run peth. Pwy ise hou ein hanes ni lawr pentre i bawb ga'l gwbod gymaint o hen fadam odw i? Cymwynas wedodd e wedyn, rhwng dwy wha'r. Gwneud sens i bawb. Pwy ddisgwyl i'r un fach ddod 'nôl 'ma ar ôl i bawb dderbyn mai ei blentyn e o'dd hi? A bod Manon, druan fach, wedi llwyddo am unwaith i neud jobyn iawn o bethe. Wedodd e wrtha i i gadw draw. Wedodd Morgan hynny 'fyd. Er, wedodd Morgan ddim o'n i'n moyn ei glywed ers blynydde. Pam newid nawr?

Ond dyw e ddim yn deg, medde finne 'to a 'to a 'to, a'r ddou ddyn yn plygu eu gwefusau'n ddywedwst fel dwy raw a finne'n goch o ise'r un fach. Marw'n slo bach o ise a nhwythe'n ddynion mowr i gyd yn gweud wrtha i i dewi.

'Manon druan,' fe Neurin 'to, fel 'se fe'n meddwl y byd ohoni am unwaith. 'Manon druan yn gorfod rhoi genedigaeth i fabis marw, cofia. Deirgwaith, cofia! Rhy gynnar i fyw, druans bach,' a finne'n rhy hunanol i weld ma helpu o'dd e. Helpu i gadw'n busnes ni i ni'n hunen. Cadw fe'n y teulu, yndyfe.

Mêl ar eu bysedd nhw, cofia! Pawb yn chwerthin am dy ben di, yn sarnu enw da'r teulu, cofia. Llusgo ni i gyd drwy'r mwd, cofia. Ei enw da fe hefyd, cofia. Alle fe ddim meddwl mynd o'r clos tase pobol yn gwbod nad nhw oedd pia'r un fach go iawn.

Fe ysgwydes i 'mhen gant a mil o weithiau. Na, na, na! Ac ymbil ar Morgan i dynnu ei eiriau'n ôl. Claddu'r amod. Bod yn gefen i fi. Morgan, bydd gefen i fi. Morgan?

Hi Manon oedd waetha. Fe ffoniais hi a gadael un neges ar ôl y llall fel papur ticer têp a'r inc wedi pallu. Feddylies i ddim fydde hi'n gallu bod mor gas. Ddim ar ôl iddi hi golli a gwbod beth oedd hynny.

O dduw bach ... beth ydw i wedi'i neud i'n hunan. Beth ydw i wedi'i neud?

Dydd Mercher

Fe godes i'r ffôn a llefen. Gofyn o'n i allen i ddod draw am wâc. Dod draw i weld shwt o'dd hi. O'n i wedi cadw draw ers mis. O'n i wedi bod yn gwau. Esgidiau bach pinc iddi yn barod i'r gaeaf, a phrynes got. Un arall iddi erbyn yr haf. Dim ond cwdyn bach o bethe oedd 'da fi. Ond fyddai hi'n siŵr o fod wedi tyfu mas ohonyn nhw os nad awn ni â nhw draw cyn hir. Ffrog fach 3–6 months, sanau bach cwmwl a chlips i roi yn ei gwallt pan fyddai'n hŷn. Cardigan wen ac un felen fach a phump par o deits a babygrow binc.

O'dd Neurin wedi mynd i'r mart fel Morgan, a finne wedi meddwl fydde gwell hwyl arni ond i fi gael gafael arni ar ei phen ei hunan.

Oedd yr un fach yn llefen. Llefen ise codi gwynt wedes i wrthi. Falle fod ise i ti newid ei llaeth hi. Falle fod hwnnw'n gwasgu arni. Hen llaeth powdwr ddim cystel â … Ofynnes i os oedd hi'n altro, oedd hi wedi dechre gwenu 'to. Fe wedes i wrthi fod Ifan wedi bod yn gwenu ers wythnose erbyn hyn. Adnabod llais ei fam a chwythu bybls o gornel ei geg … siarad â'i hunan bach … a chwarae cic-di-gics … wrth gwrs, ro'dd hi'n rhy ifanc i hynny 'to … ond o'n i jyst yn moyn gofyn a allen i afael ynddi … a allen i ddod heb i'r ddou ddyn wbod bo fi wedi bod 'da hi.

Hi wedodd NA … wedodd hi Na … achos doedd hi ddim yn meddwl 'i fod e'n syniad da. Falle fydde fe'n ypseto'r un fach … rhy glou 'to … well cadw draw am fis arall o leia. 'Mis?' wedes i. Fel 'se hi wedi dwgyd fy anadl i. Mis …

Fe golles i fy natur wedyn a gweud mai 'mabi i oedd hi. Bod dim hawl gyda hi drosti. Mai fi fagodd hi am naw mis. Fi oedd ei mam hi a dim Neurin oedd ei thad hi, felly pwy hawl o'dd 'dag e i weud dim byd?

'Cofia di 'na!' wedes i wrthi. Gweiddi o'n i a gweud y gwir, dim gweud. Wedes i wrthi am stico ei ffafr lan ei thin a bod dim ots 'da fi o gwbwl bod pobol yn gwbod fy musnes i. Bod dim gas gyda fi o gwbwl. I ddiawl â'r ffarm, bydde well gyda fi fyw ar y stryd na chael Neurin yn fòs arna i fel mae e arni hi. Arhosodd hi tan i fi gallio rhyw damaid a gweud fel 'sen i'n fenyw ddieithr iddi.

'Fi yw ei mam hi nawr, Rosa. Fe wnest ti addo, cofia!'

Fe sticodd y geirie dwetha 'na'n nhwll fy ngwddwg i am sbel fowr … Sbel fowr, fowr.

Es i mas i gerdded y caeau wedyn. Cerdded a cherdded a dim ond y brain yn gwmni. O'n i'n wag. Ddes i ddim 'nôl i'r clos tan wedi swper. Ac wrth i fi gerdded drwy'r portsh pwy oedd 'na ond Morgan a fe, Neurin. Y bastardyn cas. Hwnnw'n gweiddi a rhegi arna i am ypsetio Manon. Y bastard ag e. Dod yr holl ffordd o Aberystwyth i weud 'na! Fuodd e bron cydio yndda i sawl tro, ac oni bai am Morgan fydde fe wedi'n saff i chi, a'r unig beth allen i wneud o'dd chwerthin. Chwerthin fel ffŵl ar y gwin. Chwerthin off fy mhen! Pwyntio at Rhys na'th e'n diwedd. Hwnnw fel ci drwg yn nrws rŵm ffrynt. Dal i bwyntio ato fe fel 'se'n meddwl bod un plentyn yn ddigon i unrhyw un a'i fod e'n iach … a gweud rhywbeth bo fi ddim yn ffit i edrych ar ôl hwnnw heb sôn am fabi dyn arall. Falle fod e'n reit. Hen gachwr sy wastad yn reit yw Neurin. 'Sdim disgwyl iddo fe newid nawr.

Fi wedodd wrtho fe'n diwedd a'n llais i bron â thorri,

'Dia-a-awch, 'na foi mowr wyt ti ... mae'i bown fod yn galed fod yn reit o hyd.'

Mentro o'n i; fi'n gwbod, pan wedes i wedyn wrtho fe mai Duw o'dd yn 'i gosbi ynte wrth beidio gadael iddo fe ga'l plentyn byw ei hunan ... Gochodd e'n dapar mowr; fel hen geiliog twrci. Ond ffiles inne roi stop ar y geirie, o'n i wedi gorfod dala 'nhafod ers blynydde. Fe'n dod ffordd hyn yn ddyn mowr i gyd. Gweud rhyw bethe dan din a finne'n gorfod paso heibio iddo fe o hyd rhag i Manon gael crosfa ar ôl mynd gartre, a wedes i wedyn fod bai arno fe ... bod pawb *yn gweud 'ny ... am beidio rhoi carreg fedd ar ben ei blant e'n fynwent ... Eu gadael nhw fel twmpathod gwahadden heb enw na ffac ôl arnyn nhw!*

Wedodd Morgan sawl gwaith wrtha i am dawelu.

'Hisht nawr, Rosa fach ... hisht!' a'i lygaid e ar y llawr o hyd. Ond alles i ddim tawelu tan i fi weud y cwbwl oedd ar fy meddwl i. So gofynnes i iddo fe ... Oedd gas 'dag e? Roedd e'n berwi. Yn berwi, bois bach. Fe dda'th tuag ata i yn barod i ddala un i fi a'i dannedd melyn e wedi cloi am ei gilydd. Ond Morgan ddalodd un iddo fe gyntaf. Weles i 'rioed mo Morgan yn codi'i ddwrn at neb. A gweud wrtho fe'n diwedd am fynd tra bod e'n galler ... Roedd trwyn Neurin yn gwaedu fel mochyn ar hyd y clos a'r hen ast ddefed yn senso o ble dda'th e. Hithe'n pipo'n dwp arnon ni'n ganol y gweiddi.

Fe roiodd Morgan fi yn bath ac arllwys wisgi mowr i ni'n dou. Wisgi mowr mewn mỳg John Deere a gadael i'r dagrau gw'mpo.

Fe orweddon ni 'da'n gilydd wedyn, y tro cynta ers tro mowr, a 'mreichie inne'n dynnach amdano fe na'i rai e amdana i.

Kev

'A beth ddigwyddodd iddo fe wedyn?' Gwern oedd yn gofyn, a'i siwmper wedi'i gwau yn gwlwm am ei ganol. Wrth eistedd ar y bancyn gyferbyn â'r allt, gallent weld pâr o farcutiaid coch yn cylchdroi'n osgeiddig. Roedd hi'n ddiwrnod bendigedig, a'r ddau ffrind wedi llwyddo i ddianc o'u tai a chwrdd fel arfer i gael clonc a chwarae den. Roedd Nel dan deimlad mawr a'i llygaid yn goch tân. Mentrodd Gwern ychydig yn agosach ati a rhoi ei fraich yn lletchwith ar ei hysgwydd. Llefain y glaw oedd hi, a'i llais yn torri rhwng pob gair.

Ysgydwodd Gwern ei ben mewn cydymdeimlad.

'Fy oen swci bach i o'dd e. Fi roiodd botel iddo fe ffrom dei wyn.' Tynnodd ei hanadl yn ddwfn cyn beichio crio unwaith yn rhagor.

'Beth o'dd dy fam yn gweud, 'de?' holodd yntau cyn ychwanegu, 'Bydde Mam 'da fi wedi stopo Dad fi, t'yl … dim bydde fe wedi'i neud e'n lle cynta … hala fe off i slôtyr haws.'

'O'dd hi yn tŷ … yn pipo mas drwy'r ffenest a golwg bell arni 'to. Fe wedes i wrthi strêt away beth oedd wedi digwydd … o'n i'n moyn iddi ddod i sorto Dat mas, ond yr unig beth wedodd hi oedd mai hwrdd o'dd e. A dyw hwrddod bach werth dim byd i neb.'

'Hmm … bois … bois bach … druan bach â fe. Ar y bachyn fydd e nawr. Ddylen ni ffono'r polîs … dim chware … gele fe loc-yp wedyn … fan 'na mae ei le fe …

wedodd Dad 'ny sawl gwaith … blydi cachwr o foi … ise saethu fe … saethu fe … neu loc-yp!' Syllodd Nel ar ei ffrind mewn anghrediniaeth. Poethodd dros ei thad.

''Sda ti ddim hawl i siarad fel 'na … Dat yw hwnna, cofia!'

'Fi'n gwbod 'ny, ond wel, falle nele nosweth neu ddwy yn cwb les i'r diawl.'

'Ddylet ti ddim ei alw fe'n ddiawl. Pwy wyt ti i weud 'na amdano fe … alle fe sorto dy dad di mas unrhyw ddiwrnod.'

'Na, na, jyst gweud o'n i … fel ffrind, yndyfe … tr'eni dros Kevin yr oen, ynydyfe.'

'Wel, shwt fyddet ti'n lico 'sen i'n siarad fel 'na am dy dad di? Hy?'

'Alli di alw fe'n beth bynnag ti'n moyn … chwerthin nele Dad … so fe'n becso am bethe fel 'na.'

'Wel ta beth … ma Kevin bach wedi marw nawr, so that's that.' Bu tawelwch am funudau maith, a'r ddau'n syllu'n bell dros y cwm. Tynnodd Gwern ei fraich yn ôl, gan deimlo'n lletchwith o fod wedi siarad heb feddwl gyntaf. Y peth diwethaf roedd e am ei wneud oedd ei hypsetio hi'n fwy. Ond creaduriaid anodd eu trin oedd merched. Tynnodd chewing gum o'i boced a chynnig darn iddi i geisio gwneud iawn am fod mor ddifeddwl. Ymestynnodd hithau amdano heb ddweud dim, a sychu ei thrwyn ar hyd ei braich.

'O'n i'n chwarae yn y tŷ gwair, a'r haul yn dod mewn drwy'r to shinc, peth nesa glywes i o'dd Dat yn corlannu'r ŵyn tew. O'dd Kevin yn saff yn y berllan bryd 'ny, a finne'n meddwl fydde fe'n saff achos bod gwaith 'da fe i'w gadw fe'n fyw. Torri porfa yn y berllan, yndyfe. Ond wedyn glywes i Dat yn rhegi a rhwygo wrth iddo fe drial agor gât fach berllan. Redes i lawr a fan 'ny o'dd Kevin yn cerdded yn dawel bach mewn i bac yr hors bocs ... Offodd e ddim hyd yn oed gweiddi arno fe ... dim ond mynd Kev, Kev, Kev. Fi'n credu bod e'n meddwl bod e'n mynd am wâc fach.'

'Ie, wel, gath e wâc yn do fe!'

Twriodd Nel am damaid o facyn a'i droi i chwilio am le sych i chwythu ei thrwyn. 'Rhacsyn!' meddai Gwern o dan ei anadl.

'Real hen racsyn cas,' cytunodd hithau a syllu'n hir ar y cymylau pell yn troi'n llwyd.

''Se fe'n rhwyddach 'set ti ddim wedi'i enwi fe. Os oes enw gydag e, mae wedi bennu wedyn.' Cydsyniodd hithau.

'Gelon ni foch bach o'r bla'n ... saith o rai bach a blew sofft, sofft rownd eu trwyne nhw. Taset ti'n cydio yndyn nhw fydde'r fam yn mynd yn nyts. Sgrechen fel rhyw wrach o'r coed a'r mochyn bach yn gwichal ... bois bach, am wichal. Ddwges i un o'r bla'n, i fynd â fe am wâc ar y beic.' A'r ddau'n pwffian chwerthin wrth ddychmygu'r mochyn ar gefn y moto-beic. Pharodd hynny ddim yn hir.

'Glywodd Mam y sŵn a goffes i fynd ag e 'nôl yn go handi. Tom Jones o'dd enw hwnnw.'

'Am ei fod yn gallu canu, ife?'

'Ha, ie, ond doedd byta Tom Jones ddim yn rhwydd, cofia ... Ond o'dd y craclin yn ffein sach 'ny.'

Eisteddodd y ddau am amser hir, heb awydd ar yr un ohonynt i fynd am adref. Cododd Gwern ddyrnaid o borfa werdd a gadael iddi ddisgyn yn ddi-sŵn. Porfa las a'r lleithder yn suddo i sedd ei drowser. Crafodd ei ben-glin noeth a'r haul yn crasu, cyn i Nel gydio yn ei law a'i gwasgu'n galed. Sibrydodd, 'Gofala bo ti ddim yn gweud wrth bois ysgol bo fi wedi bod yn llefen, reit? Fy musnes i yw hwn ti'n deall … a neb arall.'

Dydd Sul

Falle ddylen ni ddim yfed gymaint … ond ma fe'n rhoi'r hiraeth mewn cwmwl … yn ei roi fe 'na am awr neu ddwy tan i'r dolur fynd o ffordd.

Morgan yn gweud wrtha i i beidio. Morgan yn gweud wrtha i i dynnu'n hunan ati gilydd. Morgan yn dawel ddig a finne'n ffili peidio boddi yn y gwin … gwin sgawen a jin eirin duon bach … Pam, Morgan? Pam mynd ag e a 'ngadael i ar ôl?

Morgan gwed. Siarad, Morgan! Gwed dy feddwl, Morgan … gwed shwt wyt ti'n gallu cadw fynd a finne'n ffili. Eistedd fan 'na nos ar ôl nos yn clymu dy deimlade di … ddwedi di ddim … ddwedi di ddim? Ddwedi di ddim.

Fe godes a'i ysgwyd e … Bwrw ei ben e a sgrechen arno ge i deimlo rhywbeth … Na'th e ddim ond ei gymryd e … eistedd fan 'na fel delw a gadael i fi.

Es mas i'r ardd yn diwedd a hyfed tan bo fi'n dost … adar bach yn canu … ŵyn yn llefen … pob un wedi eu tynnu oddi wrth eu mame a hiraeth yn llanw'r cwm.

Dydd Mercher

Fe'i gwelais hi. Roedd hi'n chwarae ar iard yr ysgol. Ei gwallt melyn, melyn wedi ei glymu mewn pleth a dwy foch goch yn llawn o awyr iach. Mae'n bedair. Diwrnod ei phen-blwydd a finne fan hyn yn meddwl am ddim byd ond amdani hi. Fe fentrais draw ati i'w hysgol … A'i galw ataf drwy'r ffens sgwarog. Fe edrychodd arna i'n rhyfedd … methu deall bod menyw ddieithr yn gwybod ei henw hi.

Roedd hi'n chwarae ar ei phen ei hunan. Ei ffrind – rhyw grwt – wedi mynd i'r tŷ bach.

'Dere 'ma … Nel wyt ti, ife? Nel? Paid ca'l ofan … wy'n nabod dy fam … Manon yw hi, yndyfe …' Ro'n i'n sibrwd rhag i'r fenyw amser chwarae ddod draw a'n hala i o 'na.

'Gwed wrtha i … gwed wrtha i … odi ddi'n ben-blwydd arnat ti heddi? Wrth gwrs ei bod hi … fi'n gallu gweld y baj 'na ar dy jymper di … Licet ti ga'l presant arall … licet ti?'

Na'th hi ddim dweud fawr ddim wrtha i. Dim ond edrych arna i a'i llygaid hi'n fawr, fawr fel llygaid Ifan … gwed wrtha i, faint yw dy oedran di? Pedair? O'n i'n meddwl dy fod ti'n groten fowr … wyt ti'n fy nabod i … Mam ydw i. Dy fam di. Na … paid mynd … ti'n iawn … paid ca'l ofan, jocan ydw i … Rosa … wyt ti'n gallu gweud Rosa? Rosa ydw i. Wyt ti? Wel, wyt wir … am groten fowr, yn'd wyt ti … Ma gyda fi grwt bach sy'n dair oed … bydd e wastad yn dair oed … 'sdim ots pryd fydd pobol yn gofyn … A licet ti bresant? Licet ti? Wrth gwrs 'ny … 'co ti, 'te … ond cofia di ei gadw fe'n saff … fel secret, yntyfe …'sdim ise i ti ddangos e i neb cofia, achos i ni'n dwy'n ffrindie yn'd y'n ni … ffrindie penna … rho di hwnna'n saff yn dy fag ysgol di … ac os holith Manon i ti … os holith dy fam i ti … gwed mai ffrind roiodd e i ti … fel presant.

Fe bases i'r broetsh iddi. Un aur siâp deilen fach, fach. A'r geiriau 'Forget me not' arno fe i bawb gael gweld.

'Cadw di hwnna'n saff yn dy boced nawr a chofia di,' meddwn i a rhoi winc fach iddi cyn i'r fenyw ginio ddod draw i'n gweld. 'Cofia di amdana i! Wnei di 'na? Wnei di? Rosa, cofia. Ro-sa! Ro-sa … Cofia fi.'

Fe es at Ifan wedyn … Wy'n mynd at Ifan.

Forget me not …

'Ti'n cofio ca'l broetsh 'de, gwed?' holodd Gwern wrth wrando'n astud arni'n darllen o'r dyddiadur melyn. Roedd y tudalennau wedi magu clustiau bach erbyn hyn. Fel pe bai hi wedi ei ddarllen droeon o'r blaen, wrth geisio cofio wyneb y fenyw â'r broetsh 'Forget me not'. Allai hi ddim cofio ei hwyneb o gwbwl. Na'i gwallt, na'i golwg. Ond cofiai iddi fynd adref a dweud y cyfan wrth ei mam. Ei mam go iawn, a gosod y 'Forget me not' yn saff yn llaw fawr ei mam a hithau'n fach.

Cafodd fynd i'r gwely'n gynnar y noson honno. Heb bwdin na golchi ei gwallt. Gwely cynnar gafodd ei mam y noson honno hefyd. Caeodd Nel y drws yn dawel bach a gwrando arni'n llefen y glaw y tu ôl i'r pared pren.

'Ma fe bown o fod gyda Mam o hyd, weden i … mae siŵr o fod yn cadw fe'n saff yn seld tan bo fi ddigon hen i watsho ar ei ôl e.' Taflodd Gwern garreg fach arall i ganol yr afon a gwylio'r cylchoedd mân yn mynd yn gylchoedd mawr.

'Falle bo ti'n ddigon hen nawr. Ti yn ddeg. Fyddwn ni'n mynd i dosbarth top ar ôl gwylie haf … Allen ni gerdded i'r ysgol os bydde rhaid. Croesi ca' neu ddou, dros cwpwl o iete, cadw welingtyns yn clawdd i groesi'r afon fowr a fydde ni 'na! Fel 'na fydde bobol flynydde 'nôl. Pan oedd Mam-gu yn fach.' Eisteddodd Nel yn fud a'i llygaid yn bell, bell yn rhywle. Gwyddai'n iawn pwy oedd hi mewn gwirionedd. Ond allai hi ddim credu bod yr holl beth yn bosib, serch hynny. Gosododd y dyddiaduron bach yn ofalus yn ei bag ysgol a gosod hwnnw wedyn yn ofalus ar ei chefn.

Cododd i fynd.

'So ti'n mynd gatre nawr? O'n i'n meddwl bo ni'n mynd i weld y cywion bach? Ma Mam wedi neud te … wedodd hi wrthot ti am alw … Mae wedi gwau rhyw gardigan arall i ti … c'mon, dere draw … sa *i* moyn cardigan binc, odw i?' Goleuodd gwên fach wyneb Nel, a meddyliodd am y cacennau a'r gardigan a'r croeso.

'Na! Ddim heddi, Gwern … falle fydd ise'n help i ar Mam.'

'Wel, fe ddof i gyda ti, 'de. So dy dad 'nôl am awr arall, beta i di. Allwn ni fynd draw i chwarae yn tŷ gwair a bydda i wedi mynd cyn iddo fe ddod yn agos … fydd dim ots gyda dy fam. Fydd e?' Cododd Nel ei hysgwyddau, cyn dweud, 'Ie, iawn. Dere os ti'n dod, ond paid bod yn hir biti ddi a paid gweud gair wrth Mam am y llyfr, reit, neu fi geith hi waetha.'

'Beth wyt ti'n feddwl … so dy fam wedi cydio ynddot ti erio'd, yw hi?'

'Nadi … ma Mam yn neis bob amser.'

'Wel dere 'de, alla i ga'l pip ar y llunie 'na yn cwdyn mowr os ti moyn. I roi second opinion yndyfe.'

Roedd y caeau gwair yn barod i'w torri, felly doedd dim iws torri plet drwy'r cae, rhag i neb wybod eu bod wedi bod yno'n sarnu'r borfa. Cerddodd Nel yn ei blaen a Gwern ddau gam ar ei hôl hi fel arfer. Aethant lan yr hen heol a dŵr yr afon fach wedi sychu yn y brwyn. Cafodd Gwern afael mewn brigyn a defnyddiodd e fel ffon gerdded.

Roedd hi'n ddau o'r gloch erbyn i'r ast ddefaid gyfarth ei chroeso. Gosododd Nel ei llaw ar ei phen a'i hannog i dawelu.

'Shh, gwd gyrl. Cer. Cer nawr!' Daeth ei mam i'r golwg ar stepen y drws a golwg shimpil arni.

'Ho, chi sy 'na … o'n i'n meddwl bo fi heb glywed yr un car yn dod i wylltu'r cŵn. Beth sydd mla'n gyda chi'ch dou, 'de?' holodd, a'i breichiau wedi eu cuddio mewn siwmper aeaf. Roedd ei gwallt heb ei olchi na'i gribo, ond sylwodd neb ar hynny.

'Hwff!' gwaeddodd Gwern wrth blygu yn ei hanner i dynnu anadl ddofn ar ôl y daith hir. 'O's squash 'da chi … hwff … ma syched mowr arna i.'

'Dewch i'r tŷ, glou,' meddai hithau, gan edrych yn wyliadwrus lawr yr hewl fach, fel pe bai'n disgwyl cwmni. 'Dewch mewn, dewch mewn.'

Roedd y tŷ yn dywyll ac yn oer, a thawch hen silwair neu ddom yn blastar ar y gegin fach. Safai hen gotiau gwaith yn ddiraen ger y drws, a chot ddiog o ddwst dros y stof. Sylwodd Gwern ar liw'r cwpanau – pob un â chrymen frwnt yn cylchu'r man lle cyrhaeddai'r te. Yfodd ei gwpanaid yn dawel heb fentro codi ei ben o'i blât, tan iddi hi fynd i orffen glanhau lan llofft. Chlywodd e ddim sŵn hwfer na dim. Dim ond sŵn styllod y llawr a sbrings gwely wrth iddi orwedd a throi ac esgus cysgu.

Yfodd y ddau yn dawel. Heb ofyn na disgwyl esboniad. Gwyddai Gwern rywbeth am golli babi arall a rhyw stori am 'gachwr o ddyn yn colbo'i wraig a hithe'n rhy hen i gario'. Ond stori rhwng ei dad a boi'r tancer llaeth oedd honno.

Roedd y gegin fach yn wag oni bai amdanyn nhw eu

dau a chi defaid diog o dan y ford, a'i dafod hir yn dweud wrth bawb ei bod hi'n dwym. Cododd Nel o'i sedd fel cysgod a mentrodd ei gymell at y seld. Agorodd y ddrâr ganol yn dawel a byseddu drwy'r papurau. Doedd dim sôn am y broetsh. Agorodd yr ail a'r drydedd ddrâr heb weld dim ond ambell glip gwallt a rhuban 'steddfod Capel y Groes. Aeth Gwern ar flaenau ei draed ac agor cwpwrdd accounts ei thad. Rhybuddiodd hithau iddo beidio.

'Stwff Dat sydd mewn fan 'na! So ti fod mewn fan 'na!' Cafwyd digon ar fusnesa, ac eisteddodd y ddau ar y sgiw bren a dim radio na theledu i ddeffro'r lle o'i bwdu.

'Dere i ni gael mynd,' mentrodd Gwern yn y diwedd. Fyddai dod o hyd i'r broetsh yn profi dim mewn gwirionedd. Dim tamaid mwy nag a wyddai'n dawel bach yn barod.

Cadw'n dawel wnaeth yr iâr wydr wen ar sìl y ffenest hefyd. Doedd dim iws clochdar eto.

Yn y tŷ gwair cafwyd hyd i'r cwdyn du wedi ei gladdu'n deidi rhwng dwy felen wair. Gwyddai Nel y byddai'n rhaid iddi ddod o hyd i le gwell cyn i'r hen wair gael ei symud i wneud lle i'r gwair newydd.

'Galla i fynd ag e os wyt ti'n moyn,' cynigiodd Gwern â rhyw gyffro rhyfedd yn ei lygaid. 'Allen i ei gwato fe yn llofft stabal … 'sneb byth yn mynd lan fan 'na … ma llygod ffyrnig i ga'l 'na, ond dowto i bo rheini'n gallu darllen … alla i weud wrth Dad i dowlu bach o wenwyn lan 'na a gei di weld y rhacs yn sgathru.'

'Falle fydd raid i ti,' meddai Nel, gan gofio beth oedd bwriad ei thad yn y lle cyntaf. Pe gwyddai e fod y lluniau ganddi, pwy a ŵyr beth ddôi ohoni, 'Iawn, cer â nhw heddi … hwp nhw yn dy fag a gofala na ddaw neb o hyd iddyn nhw.'

'Ie, iawn, achan, wrth gwrs 'ny.' Gwasgodd y ddau lond dwrn yr un o luniau i waelod y bag ysgol. Ei mam a'i ffrind. Y ffrind a'i phlant. Y plant ar ddydd Dolig, ar drip ysgol, ar ddiwrnod pen-blwydd. Rhys yn flwydd gyda Manon. Rhys yn bedair – Royal Welsh, Rhys yn bump oed. Gefn ei feic. Pen-blwydd Rhys, Rhys a'i dad, Rhys a'i fam, Rhys yn y bath, Rhys yn rhedeg, Rhys yn canu, Rhys yn mynd â'r ci am dro. Cwmtydu, Cei, Llambed, Cwrtnewydd, mart Llanybydder, cŵn bach … Capel Bryn – priodas Shân, dyn eira, Ifan yn flwydd. Parti, bedydd, traeth, Rhys yn chwech, Ifan yn dair, Ifan a Rhys, Rhys ac Ifan … Ifan. Ifan. Ifan. Ifan. Dim sôn am Rhys …

'NE-EL … NEEEEL … ble ddiawl wyt ti, lys … NEEEEL!' Rhythodd y ddau ar ei gilydd fel pe baent wedi cael eu dal yn dwyn.

'Beth ni'n mynd i neud? Beth-ni-mynd-i-neud?!' Roedd Gwern bron yn ei ddagrau.

'Aros di fan hyn a paid symud. Paid dod mas. Gofala na ddei di mas yn agos!'

Doedd dim angen iddi ddweud rhagor. Gorweddodd Gwern heb symud yr un fodfedd, a phigau'r gwair yn ei grafu'n dawel.

'Fi FAN HYN!' mentrodd hithau. 'Fi'n dod … fi'n dod.'

'Beth sy mla'n 'da ti 'to, 'rhen bwdren ddiawl? Rhyngddot ti a dy fam fydde man a man i fi werthu'r twll lle 'ma … 'sdim tamaid o ôl yr un ohonoch chi mas ar y clos 'ma. Wyt ti wedi bwydo'r lloi? Wyt ti? Wyt ti?' Ysgydwodd hithau ei phen a theimlodd law ei thad yn poethi ei chlust fach.

'Ble ma HI, gwed? Gorwe' fel hen hwch fagu 'to ynta ... gewn ni weld ble ma ddi nawr ... o cewn. Disgwyl i fi fynd mas i weithio i gynnal rhyw hen hwch ddiwerth!' Brasgamodd am y tŷ heb ffwdanu tynnu ei esgidiau gwaith cyn mynd am y llofft. Safodd Nel yn ei hunfan, rhag iddi fod o dan draed fel arfer. O gornel ei llygad gwelodd Gwern yn dod tuag ati.

'Cer 'nôl, cer 'nôl glou, 'chan,' sibrydodd wrtho, a blaen ei bys yn ceryddu'n dawel. Aeth yntau'n araf yn ôl am y tŷ gwair a'r cwdyn du yn dynn yn ei ddwrn bach.

Gwradawodd y ddau arnynt yn taranu, a'r funud nesaf roedd ei mam ar y clos a'i gwallt yn ei ddwrn.

'Cer MAS ... cer MAS, gwd gyrl! Gorwedd yn tŷ o fore gwyn tan nos ... fi wedi ca'l digon, reit ... wedi ca'l digon o dy ddiogi di ... alli di fynd i gysgu gyda'r ffowls, hynny wy'n becso amdanat ti.' Gwelodd Nel lygaid ei mam yn cywilyddio wrth iddi ei gweld, ond symudodd Nel ddim.

'Cer, Nel fach. Cer di i chwarae, ife? Cer di,' erfyniodd arni.

'Gad di honna fan 'na iddi ga'l gweld yn gwmws beth wyt ti ...' Aeth Neurin i gefn y fan waith a thynnu rhaw ohoni, ac wedi iddo daflu honno ati, cydiodd mewn brwsh cans hefyd. Cydiodd ynddi wrth ei gwar a gwneud sioe fawr o'i dysgu sut i gadw'r clos yn daclus.

'Cydia yndo fe'n deidi, achan. Dere mla'n, fenyw. CYDIA YNDO FE'N DEIDI, FENYW!' Cydiodd yn ei braich a'i gwthio. Ond roedd ei choesau'n methu symud ddigon clou iddo. Rhoddodd gic iddi am ei hymdrechion nes ei bod yn gorwedd fel clytsen ar lawr. Symudodd Nel ddim.

Gafaelodd ynddi wrth ei gwallt a gofyn iddi.

'Pwy yw'r bòs 'ma, gwd gyrl, PWY? PWY?'

'Ti, Neurin. Ti!'

'Beth? Sai'n gallu dy glywed di … gwed.'

'Ti, Neurin. TI.' Syllodd eilwaith ar Nel a'i hannog i symud. Ond symudodd Nel ddim.

'Yffach gols, 'drych ar dy olwg di! Hy! 'Drych arnat ti, rhyw bwdu a llefen drwy'r dydd bob dydd … a dim ond ti sydd ar fai dy fod ti fel hyn, yndyfe? YNDYFE? Ti gollodd y babis, neb arall!'

Nodiodd hithau'n dawel bach.

'Gwed, 'de.'

'Ie, Neurin. Ti'n iawn!' Doedd ei llais yn ddim mwy na sibrydiad.

'Wrth gwrs bo fi'n iawn. Sych y blydi smwt 'na oddi ar dy hen wep salw. Ych! Am hen wep o hyd ac o hyd. Menwod dynion erill yn gwenu, achan. Gwenu, ond o na! Ddim ti … wep … 'na beth sydd 'da ti … hen wep salw … Y pwdryn tad 'na oedd 'da ti wedi maldodi lawer gormod ohonot ti, 'drych arnat ti.' Rhuthrodd tuag ati a gwthio ei hwyneb i ddrych y fan fach nes bod y cyfan yn corco. Suddodd hithau i'r llawr a'i llygaid yn llosgi.

Troi i fynd oedd e. Gwelodd Nel gymaint â hynny. Troi i fynd am y tŷ. Cerdded am y tŷ yn ei esgidiau gwaith a'r clyts pridd yn briwsioni dros y llawr. Gwneud gwaith i'w mam. Meddwl mynd i'w codi roedd ei mam. Codi'r clyts pridd a chadw'r lle yn lân. Dyna pam gododd hi'r rhaw. Roedd llygaid Nel ar Gwern, ac roedd llygaid Gwern ar Nel … fe'i gwelodd yn ei chodi dros ei phen … y rhaw … fel un oedd wedi cael digon … a gadael iddi gwympo â holl nerth un oedd wedi gorfod.

Syllodd y tri am sbel ar y crac. Gwern, Nel a'i mam. Crac fach yn gollwng gwaed a phenglog Neurin yn gwenu.

'Ti sy'n iawn, Neurin, ti sy wastad yn iawn,' meddai Manon.

Ond ddywedodd Neurin ddim.

Cawl eildwym

Bu mis yn go hir i feddwl am y peth, ond doedd dim iws colli gormod o gwsg drosto, ystyriodd Rhys.

'Long time dead, ife?' anfonodd neges ati a'i hebrwng gyda smiley face. O'i flaen, beth welodd oedd dwy fron fawr, berffaith a gwyddai heb feddwl ddwywaith mai Casi Cocwyllt oedd pia nhw.

Diolchodd amdanynt a gofyn yn garedig a oedd ganddi ragor i'w ddangos. Os oedd rhywbeth werth ei weld, roedd e'n werth ei siario, cytunodd yntau. Doedd e ddim yn disgwyl gweld y cwbwl, ond dyna gafodd, chwarae teg iddi. Lledodd ei wên wrth weld y 'siop fach' a'r trangwns i gyd yn golwg. Doedd ambell un fyth yn callio! A hithau yn ei thridegau, roedd Rhys yn falch ofnadwy iddynt gwrdd ar ddiwrnod y sgan:

> *Sai'n synnu dim bo ti gartre gyda dy fam a dy dad ... weden i bod ise dyn go gryf i ddofi dy sort di. Bois bach!*

Cododd o'i gadair freichiau a rhoi gwaedd i weld lle'r oedd pawb. Roedd hi Han wedi mynd i'r gwely'n gynnar. Wedi blino, fel oedd i'w ddisgwyl gan fenyw feichiog. Gadawodd y teledu ymlaen a llithrodd yn dawel bach i dawelwch y clos. Roedd ei dad wedi mynd i gydymdeimlo â John drws nesa ar ôl iddo golli ei frawd yn ddisymwth. A gwyddai'n iawn na fyddai hwnnw adref nes wedi hanner nos. Agorodd ddrws y Land Rover ac anfon neges gyflym ati:

> *Cwrdd. Pen hewl. Cwarter awr. Paid gwisgo gormod!*

Chwarddodd wrtho'i hunan. 'Bach o sbort, 'na i gyd. Ni fu'n hir cyn cael ateb a thaniodd yr injan a dilyn yr hewl fach nes cyrraedd yr hewl fawr. Twriodd yng ngwaelod ei drowser gan wneud yn siŵr bod ganddo ddigon o gwdau caru. Doedd wybod ble roedd Casi wedi bod i gyd. Gwasgodd arni er mwyn cyrraedd cyn y byddai'r creadur tinboeth yn dechrau oeri.

Synnodd ei fod yn cofio'r llwybr o hyd. Trodd am hewl fach, fach a chyrraedd y groesffordd. Roedd pob man fel y bedd a'r nos yn ddu fel cydwybod. Ymhen rhyw chwarter awr, cyrhaeddodd. Tynnodd mewn gyferbyn â'i char hi. Fflachiodd olau'r car arni cyn agor y ffenest i'r tywyllwch.

'Aaaaright?' Hi holodd gyntaf. 'Oes rhywbeth 'da ti i fi?' gwenodd.

Chwarddodd yntau gan gofio 'nôl i ddyddiau ysgol. Doedd neb yn ddiogel rhag hon. Diolchodd am hynny. Os bod mewn peryg, hwn oedd y math gorau.

'Well i ti ddod draw i ga'l pip, ife?' mynnodd yntau'n ddyn i gyd.

'You must be joking … os wyt ti moyn jwmp alli di adael y blydi Land Rover 'na fan 'na … symo i'n mynd i ga'l cachu llo bach yn fy ngwallt i 'to!'

'Classy girl, ife?'

'Blydi reit. Licet ti ffindo mas?' Heb orfod gofyn

ddwywaith cloiodd ei wagen waith a brasgamu am ddrws yr Range Rover Evoque gwyn newydd.

'O'n i'n meddwl bo fi wedi gweud wrthot ti i beidio gwisgo gormod!' meddai yntau a'i ŵen yn llydan.

'Sai wedi, ydw i, Reesie boi!' Gyda hynny tynnodd ei chot fawr oddi amdani i ddangos dim … Dim ond croen. Llyncodd Rhys yn fodlon a deallodd fod ambell gawl yn well wedi ei aildwymo.

Taniodd hi'r car, yn gwybod yn net pa fotwm i'w wasgu, a gyrru yn ei blaen i ben y mynydd. Roedd ei awch yn fawr a'r daith yn ddigon hir. Trodd y gwres hyd y bôn. Doedd fawr o gynhesrwydd mewn sedd ledr. Gosododd ei law arni gan wybod na fyddai hi'n ei gwrthod. Teimlodd feddalwch cynnes ei bronnau a phlannodd ei fysedd rhwng ei choesau parod. Roedd hi yn ei gogoniant, meddyliodd wrth ei chlywed yn tuchan ar ei bwys.

'Still got the touch,' sibrydodd yn ei chlust. Cododd hithau ei haeliau, cyn dweud, 'You're not the only one, good boy!'

Doedd neb yno. Dim ond ambell seren ac ambell ddafad yn gorwedd. Datododd Casi fwcwl ei felt gan bwyll bach. Datododd fytymau ei grys a thynnu ei got.

'Tyn y cwbwl,' mynnodd.

'Jiawch, galli di ga'l gafael yndi fel hyn … beth os daw rhywun heibio? Ddigwyddodd e flynydde 'nôl, ti'n cofio? Gole mawr a tithe'n cwato dy ben lawr ar bwys 'yn bwrs i a bois clwb yn chwerthin eu penne off …'

'Ti o'dd wedi gweud wrthon nhw siŵr o fod … y diawl bach â ti …'

'Nage fi! Mam fach … Nelen ni rywbeth fel 'na? Ha ha? Fi?'

'Wrth gwrs nelet ti. Meddwl bo ti'n dipyn o foi bryd 'ny, yn'd o't ti?'

'Stil yn dipyn o foi, Casi fach, cred ti fi …Wel, 'na hanner y sbort, yndyfe.'

'Sbort, wir … o 'drycha. Paid gweud bo ti'n clywed hi'n oer … oh dear me, dear me.'

'Be ti'n siarad ambiti? Ma hon yn barod i fynd, gwd gyrl, dim ond iddi ga'l rhywbeth go lew o'i bla'n hi.' Chwarddodd hithau cyn iddo roi cusan i'w thawelu a gwasgad i'w thin. Taflodd ei gwallt o'i llygaid ac eistedd yn dyner ar ei gôl. Sugnodd ei bronnau. Awchodd amdani. Pwysodd hithau'r sedd am 'nôl a charu'n ddwfn a chaled.

'Ti wedi gweld 'yn ise i, weden i … hmm … ddylen i ddim fod wedi gadael i ti fynd, ddylen i?' Brwcsodd ei wallt ac arwain ei law i'w lleddfu.

Canodd y corn. Stop am eiliad ac ailgychwyn yn fwy gofalus. Doedd dim ots. Doedd ond defaid i'w gwylio. Carlamu caru wedyn nes bod y car yn corco, a rhegi rhyddhad.

Stopiodd y car siglo a mentrodd yntau ofyn wrth wisgo'i drowser, 'Pryd ga i weld ti 'to, 'de?'

'O! Reesie bach. You've got it bad, boi bach. So ti wedi bennu heno 'to. Please sir, I want some more, ife? O! Oliver Twist bach.' Cnodd ei wefus isaf a'i bryfocio'n wên i gyd. Sibrydodd, 'Unrhyw bryd ti moyn, ife, Reesie boi … os oes digon o lèd yn dy bensil di?'

'Hahaha, digon o lèd 'da fi i ti, siŵr o fod. Fisi nos yfory?'

'Could do, I suppose.'

'Gan bo ti wedi symud gartre, yndyfe …'

‘Ie …’

‘Beth o’dd yn bod ar y tamaid gŵr o’dd ’da ti, ’de … dim digon o foi i ti, ife?’

‘Rhywbeth fel ’na … ’sdim byd ’da ti i weud, oes e … weden i bod ’da ti ddigon ar dy blat ’fyd. Clywed bod ’da ti ddou o blant yn barod a hi woman with the baby oedd ’da ti p’ddyrnod yn cael y sgan. Ti yw tad hwnnw … neu so ti’n gwbod?’

‘Wrth gwrs taw e! Pwy arall?’

‘Jyst wyndran. Mother wedodd bod dy dad i’w weld yn neud lot ’da hi. Waco i Cei a ’bach o bob man glei. Cyfreithwrs yn dre, Mothercare i siopa, even.’

‘O bydd ddistaw … ’sdim digon o sbwnc ’da hwnnw i stico stamp.’

‘Haha, na, ti’n reit … jyst pobol yn siarad, yndyfe. Bydde fe yn … neis os nage ti o’dd ag e, cofia. Neis i fi, yndyfe … allen i fod yn really neis i ti wedyn, yn gallen i?’ Rhwbiodd ei goes yn awgrymog. Doedd bod heb bartner ddim yn siwtio ambell un. Un felly oedd Casi. Ers dyddiau ysgol roedd man gwan ganddi ar gyfer Rhys ar fwy nag un achlysur, a dim ond anlwc iddi hi oedd iddo briodi tra oedd hi yn Awstralia’n dysgu byw.

‘Beth ti’n feddwl?’

‘Wel, jyst meddwl o’n i allen ni fod yn fwy na “ffrindie” os ti’n moyn. Ni’n dou’n ddigon hen i wybod beth y’n ni’n moyn erbyn hyn a, wel, symo honna sy ’da ti’n gallu neud hanner y pethe fi’n gallu neud i ti nawr, yw hi? Meddwl ambiti fe.’

Chwarddodd yntau ac ysgwyd ei ben mewn anghrediniaeth.

‘Got it all worked out, ife?’ Chwarddodd hithau a

symud ei choesau fel eu bod yn gorwedd ar hyd ei gôl. Gwisgodd amdani'n araf.

'Na, na, ti'n iawn fel wyt ti! Beth ti'n feddwl hen foi yn cyfreithwrs yn dre?'

Llyfodd ei gwefus yn araf fel cath, cyn dweud â'r un anadl, 'Ti'n gweld beth fi'n meddwl. Ti a fi'r un peth. Moyn yr un pethe … anyway, digon am nawr!' Tynnodd ei chot amdani a thynnu'r sip yn bryfoclyd o'r gwaelod i'r top.

'Pryd welest ti fe yn y cyfreithwrs, 'de?'

'Mam wedodd rywbeth … Wythnos ddiwetha … anyway. Fydda i'n symud i tŷ Mam-gu yn pentre wythnos nesa. Mam-gu wedi gadael y lle i fi ar ôl iddi farw … fair play, a chwpwl o gyfeiri … bless her … ma ise 'bach o fôn braich arna i i gario pethe … falle allet ti alw draw am wâc. Wel, a wifey ddim o dy eisie di …!' Gwasgodd ei hewinedd o liwiau'r enfys i'w fraich gyhyrog a meddalu ychydig arno. 'Dim ond ffwdan yw babis. Sbort sydd ise arnat ti, yndyfe, Reesie bach?' Cusanodd ef yn angerddol, gan ddeall sut yn union oedd cael yr hyn roedd hi ei eisiau.

Petrusodd yntau gan feddwl pam nad oedd yr amseru byth yn berffaith. Flwyddyn a hanner yn ôl doedd ganddo neb ond ei dad a phapurau'r ysgariad. Bellach, roedd yn ŵr a byddai'n dad eto o fewn rhyw fis.

Tynnodd Casi ei hewinedd ar hyd ei wddf yn ysgafn, a gwyddai Rhys fod cath bob amser yn glanio ar ei thraed. Chwarddodd yn fodlon cyn iddi hithau ei rybuddio.

'One thing i ti gofio, Reesie boi. Fi yw'r bòs. Mess me about and you die!'

Haeddu

Chwibanodd Rhys fel aderyn wrth fynd am adre. Allai bywyd byth â bod yn well. Aduniad llwyddiannus gyda Casi …wâc i ben mynydd i glirio'i ben … a deall bod ei dad wedi bod yn trafod gyda'r cyfreithiwr. Rhaid ei fod wedi penderfynu trosglwyddo'r ffarm i'w enw e o'r diwedd. Efallai y câi ei wared yn gynharach nag mewn bocs wedi'r cyfan.

Meddyliodd am ddatblygiadau'r ffarm. Gwerthu'r defaid. Rhoi'r cathod yn sanctiwari. Gadael i'r cadno gael yr ieir a'r hen geiliog diwerth oedd yn mynnu clochdar am bump bob bore, a thynnu gwddwg Ned y gwas. Yna codi pump neu chwech pod ar y cae o flaen yr afon, menthyg 'bach o'r banc i ail-wneud y tŷ ffarm yn iawn a chodi slaben o sièd i fagu cŵn (heb leisens, wrth gwrs). Cockapoos, shih tzus, jugs, pugs, bullshitz …

Roedd Rhys ar dân eisiau cyrraedd adref am y tro cyntaf ers blynyddoedd. Cael gwared yr hen foi i ryw fyngalo yn pentref wedyn, rhoi rhyw gildwrn iddo i gynnal ei bensiwn a byw fel brenin. Beic falle … ie, beic newydd a Subaru Impreza neu ryw sborts-car bach gwerth siarad amdano. Digon o le i ddau. Doedd ffermio ddim yn talu. Pwy ladd ei hun oedd e, gwedwch y gwir?

Pan gyrhaeddodd y clos roedd y lle fel y bedd. Dim sôn am neb na dim ond cyfarth diddiwedd yr ast ifanc yn portsh yn ysu i gael dod mas.

'Hei, hei, ble ma pawb 'de? Neb gartre, gwed?' Trodd y goleuadau yn y gegin ymlaen a theimlodd fola'r tegil i weld a oedd rhywun wedi bod yn gwneud te. Ddim ers rhyw awr, meddyliodd. Rhyfedd 'fyd, meddai wrtho'i hun.

Ar gornel y ford gwelodd damaid o amlen frown ac arni'r geiriau:

Han in hospital, baby on way.

'Ffac sêc … pam 'set ti wedi blydi ffono, 'de'r llo?' Diawlodd ei dad. 'Ble mae'r blydi ffôn 'na 'to?' Aeth i boced ei got, dim sôn amdano. Aeth i'w drowser. Dim sôn yno chwaith. Cerddodd at y Land Rover a thwrio ym mhob man cyn sylweddoli ei fod fwy na thebyg yng nghar Casi. Diawlodd ei hun. Doedd fawr o signal lan ffordd hynny ac yntau wedi ei roi ar silent, rhag sarnu'r hwyl.

'Shwt ddiawl gaf fi hwnna 'nôl nawr, gwed … Bydd raid i fi alw fory nawr.' Daeth hynny â gwên i'w wyneb. Aeth i'r tŷ a phwyso a mesur beth oedd orau i'w wneud. Doedd noson ddiflas yn gwylio menyw yn sgrechen a thuchan am gas and air a chysgu mewn cadair freichiau galed ddim yn apelio.

Dim diolch yn fowr, dywedodd wrtho'i hun.

Trodd y teledu ymlaen er mwyn cael cwmni. Doedd dim iws iddo gwrso'r holl ffordd lawr i Gaerfyrddin os oedd ei dad yno ta beth. Gwyliodd awr o *Keeping up with the Kardashians* a diawlo'r fath rwtsh, cyn symud i MTV Classic a gwylio hen raglenni o'r nawdegau.

Roedd y nos yn hir a Casi'n iawn. Dim ond ffwdan oedd babis mewn gwirionedd. Eu gwneud nhw oedd y part rhwyddaf. Erbyn dau y bore roedd wedi mynd i gysgu'n sownd ar soffa'r rŵm ffrynt. Deffrodd i dŷ gwag a meddwl am funud ymhle ddiawl oedd e. Cododd ac aeth at y tap yn y gegin am ddŵr. Nadodd hwnnw wrth iddo droi'r ddolen. Roedd ar fin mynd i'w wely pan sylwodd ar ddrâr y seld led y pen ar agor. Ar agor fel pe bai rhywun wedi ei gadael ar frys. Aeth iddi a sylwi ar yr allwedd fach a arferai hongian o'r hoelen fach ar ochr y seld. Fan hynny oedd hi pan oedd ei fam byw. Tynnodd yr iPad a meddwl ei bod hi'n rhyfedd nad oedd ef wedi gweld hwnnw o'r blaen. Tynnodd wedyn bapurau swyddogol. Fisa neu rywbeth. Rhoddodd y cyfan ar y ford ac aeth i bori. Gwelodd basbort Han a dogfennau swyddogol a llun rhyw grwt ifanc arnynt. Gwelodd bentyrrau o ddogfennau pwysig yr olwg a berwodd ei waed.

'Beth ddiawl sy mla'n 'ma?' Gwelodd lyfr cynilo ei dad yn wag a phapur cyfreithiwr y dre fel dwrn o flaen ei drwyn. 'Mae e wedi'i neud e tu ôl i 'nghefen i … y ffycar … dod â'r bastard bach 'na draw fan hyn i fi fagu fe … alla i ddim cadw plant fy hunan ond alla i ga'l un rhywun arall. Be ffac … pam ddiawl na 'se fe wedi gweud wrtha i? Pam ddiawl na 'se fe wedi gweud?'

Aeth at y ffôn a deialu rhif ffôn symudol ei dad. Dim ateb. Doedd hynny ddim yn syndod. Doedd e byth yn tsiarjo'r batri. Taflodd y ffôn yn erbyn y wal gyferbyn ac eistedd yn benwan yn sedd ei fam ger y Rayburn.

'Unbelievable … unbelievable … beth sy'n bod ar y boi 'na? Beth sy'n ffacin bod arno ge … mynd tu ôl fy nghefen i … 'i fab ei hunan … Rhaid cael e mas o 'ma, dangos y ffacin hewl iddo fe … saethu'r rhacsyn fel hen gi defed … werth dim byd.' Roedd Rhys ar dân, a'i wefus isaf wedi troi fel cryman am lawr. Roedd y diawl yn ei lygaid a phwyll yn ddigon pell. Cododd, ac yn ei natur dyrnodd y wal nes bod ei ddwrn yn waed. Difarodd. Aeth i'r llaethdy a gadael i'r dolur ddofi ei dymer.

Methai gredu'r peth. Y cynllwynio y tu ôl i'w gefn. Roedd wedi gweithio am flynyddoedd ar y fferm am ddim byd o werth. Blynyddoedd o fethu mynd i ddim un man, er mwyn cynnal y ffarm i'w dad. Roedd bechgyn eraill ei oed e wedi mynd i'r coleg. Wedi mynd i Seland Newydd neu Awstralia, hyd yn oed. Wedi teithio'r byd. Mas bob nos Sadwrn … gwneud dim ond joio. Gorwedd tan ginio dydd Sul ac yntau wedi gorfod bod gartre. Yn fachgen bach da i Mam a Dad. Byw ar arian poced fel plentyn yn byw ar arian swîts yn youth club.

'Ffac sêc!' Gwylltiodd eto. Roedd hyn wedi mynd ymlaen am yn rhy hir. Roedd rhaid iddo feddwl. Eisteddodd. Crafodd flaen ei ewin yn nefnydd garw'r sedd freichiau. Beth os âi at ei gyfreithiwr fore Llun? Siwo'r diawl. Gofyn am arian teidi am yr holl flynyddoedd o weithio am ddim. Doedd minimum wage ddim yndi. Aeth i'r oergell ac agor can o gwrw. Yfodd e ar ei dalcen. Do, cafodd do uwch ei ben a menthyg y Land Rover … ond roedd hyd yn oed Phyllis a'r pwdryn mab yn pentre wedi gallu cael rheini, heb wneud strocen o waith erioed. Roedd y casineb fel cyffur drwy ei wythiennau ac yntau'n clywed dim ond geiriau ei dad:

'Pwy roi'r ffarm i ti? Dwyt ti ddim wedi'i haeddu ddi 'to, 'ngwas bach i.' Ie, dyna'r cyfan oedd e. Gwyddai hynny. Gwas bach. Doedd ganddo ddim byd mewn gwirionedd ond addewid gwag. Geiriau heb eu hanrhydeddu.

Enw ei dad oedd ar y llyfrau. Enw ei dad oedd ar y llyfr siec a'r tir a'r tractor, y tŷ a'r stoc. Pob creadur byw. Chwarae tois rhywun arall oedd e, a doedd hynny ddim yn ddigon. Edrychodd eto ar y dogfennau ar y ford. Os mentrai wneud hyn y tu ôl i'w gefn, beth oedd i ddweud nad oedd wedi gwneud gwaeth?

Methodd ei adael wedi'r cwbwl

Cerddodd Manon i'r tŷ. Eisteddodd yng nghadair freichiau ei thad. Hen gysur tawel. Plethodd ei dwylo ar ei chôl a rhythodd yn fud. Plygodd ei phen a'i hwyneb yn ddolen o anghrediniaeth. Gwenodd. Llifodd y chwerthiniad cyntaf o'i cheg heb iddi ddisgwyl ei gwmni o gwbwl. Chwerthiniad arall ac un arall yn gryfach, yn gadarnach. Chwerthin rhyddhad heb wybod beth oedd y canlyniad.

Surodd. Stopiodd y chwerthin mor sydyn ag y dechreuodd. Safodd yng nghorn ei gwddf fel gair brwnt. Roedd y briw'r ochr isaf i'w llygaid yn gwaedu'n dawel bach. Yn sibrwd wrth ei chydwybod bod rhywbeth ddim yn iawn. Plygodd ei bysedd i wneud dwrn. Dau ddwrn caeedig fel cwlwm. Anadlodd drwy ei thrwyn a phlygu ei gwefus yn galed.

Cododd. Doedd Gwern a Nel heb symud fawr ddim. Dim ond syllu'n fud ar y corff ar lawr. Ei thad ar lawr a'i gapan wedi cwympo. Ei geg yn llac a'i lygaid ar agor yn gwylio o hyd.

'Cer … cewch i'r car, y ddou ohonoch chi.' Llais Manon yn bwyllog, dawel.

Doedd dim eisiau dweud ddwywaith. Eisteddodd Gwern a Nel yn dawel yn y sedd gefn a'r ofn wedi ei grafu ar eu hwynebau.

Aeth hithau eilwaith i'r tŷ. Taflodd ei chot dros ei hysgwydd. Sychodd ei thrwyn mewn macyn papur.

Tynnodd y drws ar ei hôl a dim yn ei dwylo heblaw'r iâr wydr wen a'i bola'n llawn cyfrinachau.

Methodd symud. Gwelodd Neurin â'r crac bach ar ei ben yn gwenu o hyd a'i lygaid yn dal i'w barnu. Byseddodd y rhygnau yng nghefn yr iâr. Beth ddiawl oedd hi wedi ei wneud? Clywodd ei chalon yn curo'n drwm. Aeth 'nôl i'r tŷ i chwydu. Roedd rhaid mynd. Dianc. Mynd i rywle rhag i'w lygaid weld.

Nel siaradodd gyntaf.

'Ewn ni i hôl Ianto, ife? Fydd Ianto'n gwbod beth i'w wneud.' Nodiodd Gwern.

Methodd Manon ateb. Aeth i eistedd yn fud yn sedd ffrynt y car a chau'r drws yn dawel bach. Crynai ei dwylo. Aeth ei dwrn i'w cheg, i'w chlust, i'w thalcen a phlethu'n weddi. Anadlodd. Crynai ei hanadl. Taniodd y car a chafodd afael mewn geiriau.

'Gei di aros gyda Gwern heno, yndyfe? Paid dadle, 'na gwd gyrl … ma Mam wedi blino … Bydd Neurin yn iawn. Gwed wrth dy dad, Gwern, fod Neurin wedi cwmpo, iawn? 'Sdim ise i ti fecso … fydd Neurin yn iawn … dim ond cwmpo a bwrw ei ben, yntyfe? Un lletchwith fuodd e erio'd, bwrw mewn i bethe byth a hefyd, wastad yn cleisio'n rhwydd. Bachan fel 'na yw e. Gwed fod Nel yn dod i aros am gwpwl o ddyddie. Ti wastad wedi moyn mynd ar wylie, yn'd wyt ti, Nel? Holidays … gwed wrth dy fam fod Manon yn gwbod beth mae'n neud. Fydd popeth yn iawn! Cic falle … cic gyda buwch. Cic yn ei ben a 'na pam mae e wedi craco.' Cyfarfyddodd llygaid Nel a Gwern a'u haeliau wedi drysu.

'Wy'n dod 'da chi … wy'n dod 'da chi, Mam.' Tindrodd yn ei sedd yn anfodlon.

'Cer 'da Gwern!' Hoeliodd ei hateb a thraw ei llais yn fregus gadarn. Synnodd Nel o glywed ei mam yn trefnu mor hyderus. Cath fach oedd ei mam fel arfer, un oedd wedi arfer gwneud beth roedd eraill yn ei ddweud wrthi.

'Ble y'ch chi'n mynd, Mam? Pryd fyddwch chi'n dod adre?' Wyddai hi ddim. Ni chlywodd y cwestiwn chwaith. Dim ond boddi mewn penbleth. Yn y car, ceisiodd gyfiawnhau'r hyn roedd hi wedi ei wneud, heb ddeall dyfnder y difrod eto chwaith.

'Ei lyged … y diawl ei hunan … wastad … yn rheini o'dd y diawl yn byw. Na, Neurin, na … dim ti sy'n reit o hyd, ddim o flaen Nel a chwbwl … dyw e ddim yn reit … fydde Dat byth wedi codi ei ddwrn arna i … paid ti siarad am Dat … Dat o'dd yn iawn … ddylen ni fod wedi gwrando … codi dy ddwrn arna i o flaen Nel, meddwl dy fod ti'n gallu 'nhrafod i fel hyn o hyd … llosgi'r cwbwl lot, dim ti o'dd â nhw i'w llosgi, dim ti sydd â dim, cofia, disgwyl i fi gymryd fy nysgu wrthot ti o hyd. Dim rhagor,' mwmiai wrthi ei hunan, a'r ddau yn y cefn yn syllu'n fud ar gefn ei phen yn symud 'nôl a mlaen yn sedd y gyrrwr a'r geiriau'n pwytho.

Gadawodd y ddau ar ben hewl â'r cyfarwyddyd i gerdded i'r clos a dweud bod Neurin wedi cael cic gyda buwch. Hen hewl fach yn dyllau ac yn bantau i gyd a'r ffens fel hen ddynion gwargam yn pwyso ar ben ei gilydd. Daliwyd gwlân defaid yn y drain metal a'r afon nes lawr yn ei gwely ers oriau. Trodd y car am Lambed.

'Hen ddiawl cas, yndyfe, Rosa? Hen fastardyn bach cas. Ti o'dd yn iawn. Fe wedest ti ddigon wrtha i am adael. Finne'n gweud, pwy fynd odw i, dim ond 'nôl sydd 'da fi i fynd, yndyfe. Fydde fe ddim wedi gadael i fi wneud, ti'n gwbod hynny cystel â fi, a finne'n werth dim i neb arall. Fydde fe ddim wedi gadael i fi aros gartre a phwy fyw yn pentre fydden i?'

Roedd hi'n llwydnosi'n gyflym a Manon heb yrru gyda'r nos ers blynyddoedd. Peth rhyfedd oedd rhyddid o'r fath. Gwelodd wyneb Neurin yn fyw o flaen ei llygaid a chofiodd am sŵn y glec wrth i'r rhaw ddisgyn. Y sŵn ac nid ei lygaid oedd yn chwarae'n ddi-stop.

'... a Morgan wedi ei fwrw fe ... do'dd e ddim yn lico 'na. O, nag o'dd, glei. Morgan yn rhacsyn. Morgan yn glwtyn llawr. Morgan yn gachwr a'i wraig yn hwren fach frwnt, hen hwren fach frwnt fel nhw i gyd ... Troi ei thin i unrhyw beth fel hen ast fagu. Crosfa sydd ise arni, 'i phlygu ddi, menwod yn ateb 'nôl. Dim fel 'ny ma hi 'ma. O nage, 'merch fach i! Neurin yw'r bòs 'ma! Twlu 'i thin gydag unrhyw ddyn fydde'n galw. Hwren fach. A finne'n hen hwch ddiwerth yn magu dim ond bola.'

Roedd corgi'r tŷ capel wedi bod wrthi'n sgathru dros y gripell heno eto yn ôl ei arfer. Plygodd Manon i roi mwythau iddo. Ond dangos ei ddannedd wnaeth e. Roedd y car wedi aros o flaen y fynwent.

Ar lan y bedd, eisteddodd Manon. Sychodd y dom deryn oddi ar garreg fedd ei chwaer fawr a rhwbio'i dwylo i waredu'r annibendod.

'Ti o'dd yn iawn, Rosa. Allen i ddim â'i adael e i 'nhrafod i fel 'na o hyd ... ces i ddigon ... Wedest ti sawl gwaith wrtha i i stico lan dros 'yn hunan ... fel fyddet ti'n gwneud yn yr ysgol. Dod atat ti o'n i bob tro. Ti o'dd yn sorto nhw mas i fi. Ond fe ddes i ben â hwn fy hunan.' Chwarddodd yn dawel bach rhwng ei dagrau. 'Paid bod yn grac 'da fi, Rosa, allen i ddim fod wedi ei rhoi ddi 'nôl i ti. Ti'n deall allen i ddim fod wedi gadael i ti ei chael hi 'nôl … ddim ar ôl i ti ei rhoi ddi i fi … 'wy wedi gwneud fy ngore drosti … er falle doedd hwnnw ddim digon da bob tro … ond gath hi fyth gam 'da fi.

'Ti'n cofio ni'n chwarae tŷ bach twt? Ninne'n blant … ti o'dd Mam bob tro a finne'n ddim … ti o'dd 'da'r ddoli … a dyna pam mai ti o'dd Mam achos ti o'dd â'r ddoli, yndyfe? A Dat yn gweud bod rhaid siario … a tithe'n ei menthyg i fi wedyn tra clywo Dat a mynd â hi 'nôl whap wedyn. Hen dedi o'dd 'da fi. "Tedyn" … a'r hen ast ddefed wedi ei garto fe mas rownd clos nes bod ei glust e wedi shaffo ac yn drewi i gyd.

'Fe ddes i â blode i ti … blode gwyllt o'r clawdd fel fydden ni'n eu rhoi ar fedd Mam pan o'n ni'n blant. Pot jam a bach o ddŵr yn ei waelod e … 'Na dr'eni fod popeth yn mynd i ddrewi yn y diwedd, os na newidi di eu dŵr nhw'n ddigon amal.'

Tynnodd ei bys ar hyd yr ysgrifen aur –

Ifan, 3 oed

Rosa, 38 oed

Annwyl fam Rhys ac Ifan

'A Nel,' sibrydodd. 'A Nel fach fi.' Clywodd y brain yn cecran uwch ei phen … nythu yn y coed … awyr goch dros y glesni a'r nos yn agosáu.

'Ma ambell deulu'n cael yr anlwc i gyd,' meddai wedyn. 'Ninne'n colli'r cwbwl lot bob tro.' Tynnodd ei chardigan yn dynn amdani a mynd yn ôl am y car. Gyrrodd yn ofalus gan wybod yn iawn i ba gyfeiriad yr âi. Aeth am adre. Troi'r car fel y gwnaeth ganwaith am ei chartref. Caeau. Cloddiau. Cynefin. I ble arall y gallai hi fynd?

Roedd Neurin yn aros amdani.

Methodd ei adael wedi'r cwbwl.

Dydd Sadwrn

Pwy wyt ti i weud wrtha i i fynd i ga'l help. Help?? 'Sdim i ga'l mas 'na i fi.

Odw! Fi wedi meddwi. Fel 'na fi'n côpo … gwed dy feddwl, Morgan, gwed dy blydi feddwl yn lle mogi dy deimlade di o hyd ac o hyd … Eistedd fan 'na nosweth ar ôl nosweth. Ti ffili trafod 'da neb … gwed wrtha i shwt ti'n teimlo … shwt wyt ti'n cadw fynd a finne ffili?

Bydd e'n fendith i ni i gyd pan fenith Rhys yr ysgol fowr a mynd mas i chwilio gwaith.

Neud lles i neb weld ei gydwybod bob dydd yn pwyntio bys ar faint o fès y'f i wedi'i neud o bopeth … fi'n-gwbod, fi'n-gwbod!! BYDDWCH ddistaw … byddwch ffacin ddistaw.

Alla i ddim o'i oddef fe'n edrych lawr ei drwyn arna i o hyd.

Wedodd e wrtha i bod fi ddim yn ffit i ddreifo … wedes inne bo fi ddim yn mynd yn bell … jyst mas i rywle i ga'l awyr iach … mas o dan draed … mynd rownd y bloc fel fydden i'n neud pan oedd y plant yn fach, er mwyn eu cael nhw i gysgu … Tano'r car a rhoi'r gwres hyd y bôn ac aros iddyn nhw gw'mpo i gysgu …

Wir i ti, Morgan …

Meddwi neithiwr wnes i, ddim bore 'ma … Fi fel sant o sobor erbyn hyn … wir i ti, Morgan … wir i ti …

Sweetheart …

Safai Rosa yn ei ffrog goch. Coch fel blodau rhyfel. Rhaeadrai'r dagrau i lawr ei bochau.

Roedd y car newydd wedi cael ei ben-blwydd sawl gwaith erbyn hyn, ond nid oedd wedi galw ers iddi fynd i ddisgwyl.

Curodd y drws. Ei guro fel petai brys arni i fynd i mewn. Safodd. Hwn oedd y tŷ, gwyddai hynny. Dychmygodd lawer tro gael mynd i mewn a heibio'r ceffyl mawr pres ar wyneb y drws. Heibio'r rheilins a'r goeden fagnolia ddrud. Gardd berffaith a rhosod cochion ar y borderi.

Curodd Rosa eto. Arhosodd a'r rhwystredigaeth yn mynnu tynnu'r dagrau i'w llygaid. Clywodd symud y tu ôl i'r drws a sychodd ei llygaid ar frys gan wybod na fyddai croeso iddi.

Mewn trowser bob dydd a llewys ei grys wedi eu torchi, safai ef. Roedd e heb eillio. Doedd e ddim yn disgwyl gweld neb. Disgynnodd y wên yn ddigon buan wedi iddo weld y tu ôl i'r dagrau a'r ffrog goch. Roedd ei hwyneb wedi cilio a'r corff a fu unwaith yn siapus bellach wedi ei naddu'n fach, fach. Rhythodd arni. Doedd hi ddim i fod fan hyn. Beth pe dôi rhywun a'u gweld? Beth os …

'Beth wyt ti'n neud 'ma?' sibrydodd. 'Ddylet ti ddim fod wedi dod i fan hyn … Wedes i alwen i draw ar ôl i … ar ôl i bethe setlo … Shwt o't ti'n gwbod ma fan hyn ydw i'n byw?'

Bu hi'n aros am oriau i weld a gâi ei weld. Nosweithiau unig yn aros amdano. Eistedd yn ei char a'i alw ar ei ffôn, i weld a gâi weld un darlun bach a berthynai i'w fyd. Doedd hynny ond yn deg. Roedd e wedi gweld pob twll a chornel o'i byd bach hi. Y fferm. Y tŷ. Ei hystafell wely. Eto, wyddai hi ddim amdano fe ond lliw ei gar a'r darnau dibwys hynny roedd hawl ganddi i'w clywed o'i hanes.

'O'n i'n moyn dod i siarad … jyst siarad … fel fydden ni ar y dechre …' Rhedodd ei llygaid dros y lluniau ar y wal y tu cefn iddo. Lluniau rhyw fenyw ar gefn ceffyl. Lluniau rhyw roséts a chwpanau. 'O'dd ise rhywun arna i i wrando … arna i yn torri … Alla i … allwn ni siarad … yr un fach … merch yw hi … alla i ddod mewn? Dim ond am 'bach … fydda i ddim yn hir … jyst siarad.'

Torrodd ei llais. Chwiliodd am bethau plant. Oedd ganddo deulu? Oedd rhyw deganau, rhyw gardiau pen-blwydd? Na! Ni allai weld dim. Dim ond ei wyneb blinedig, caled yn poeri'r geiriau, 'Na 'lli. Alli di ddim dod mewn. Cer! Cer, glou, dere, cer i car. Glou nawr, fe af â ti adre.'

'Fe roies i ddi bant … ond gallwn ni ga'l hi 'nôl … 'da'n gilydd. Os dei di 'da fi, allwn ni ga'l hi 'nôl a cha'l tŷ … yn Aberaeron. Ni'n tri … ma Morgan yn gweud …' Cydiodd e yn ei braich a'i hebrwng i'r car, a gofynnodd, 'Wyt ti wedi bod yn yfed, gwed?' Roedd cywilydd yn ei lais a'i lygaid yn llawn ffieidd-dod. Hi, yn gywilydd. Yn gyfrinach.

'Nadw. Na!' mewn llais croten fach. Llais wedi'i glwyfo. ''Wy ddim wedi bod yn yfed heddi … 'to.'

'Cadw dy lais lawr. Ma … visitors …'

'Gallwn ni ddechre 'to … ma popeth wedi mynd yn

rong. Os dei di 'nôl, gallwn ni gadw'r un fach … galla inne ga'l help, galla i wella a bod fel o'r bla'n.'

'Gwranda. Gwran-da-a! Dim fi sydd bia'r babi, reit, alle fe byth â bod … alle fe byth â bod.' Gafaelodd ynddi fel pe bai'n ddim iddo, a'i gwthio yn erbyn drws y car. 'Dere … iste yn y car, fe-fe af â ti gytre. Iste! Rosa, plis, plis iste!' Mwythodd ei gwallt yn dawel. Mwytho atgofion.

Y tu cefn iddo, sylwodd hithau ar y gadair olwyn yn araf ddod tuag atynt a llaw lonydd yn symud y gadair yn ei blaen. Doedd y llun ddim yn gwneud synnwyr o gwbwl. Chlywodd hi erioed am neb mewn cadair olwyn. Cadair oer, ddu a pheiriant yn ei symud. Rhewodd yn ei hunfan â wyneb un oedd wedi cael ei ddal yn dwyn.

'O! Dy fam, ife? Dy fam? Mae'n rhy hen i fod yn wraig i ti … fyddet ti ddim wedi priodi, fyddet ti? Fyddet ti wedi gweud. Weles i ddim modrwy, wedest ti ddim byd …' Yr hyn glywodd hi oedd ei fod yn ei charu hi … Ei charu ac yn fodlon iddi ddianc. Iddi adael y cyfan ar ôl. Prynu tŷ ac anghofio'r cwbwl lot. Dim dyled. Dim dolur. Dim ond diflannu a dechre 'to …

Rhythodd yn hir arno. I ble'r aeth y dyn oedd yn addo pob dim? I ble'r aeth dyn y chwerthin a'r haf a'r deffro?

'What is it, sweet … heart? Who … who … is … it?' Roedd ei chorff wedi cloi amdani; ni feiddiai ei gwddf ryddhau'r geiriau heb yr ymdrech fwyaf. Syllodd Rosa arni a'r anghrediniaeth wedi cleisio ei hwyneb.

'"Sweetheart?"' Llyncodd y geiriau'n dawel. 'Fe addawest ti i fi …'

'Naddo … Addawes i ddim … cofia …'

'Pwy yw hon? Wnest ti ddim gweud bo ti'n briod. Odi ddi'n wraig i ti, gwed? Neu gweithio 'ma wyt ti'n neud … Home help, ife?! Wnest ti ddim gweud.' Bron na fedrai glywed ei eiriau. Sibrydodd wrthi, 'Fydde fe wedi gwneud gwahaniaeth?' Nodiodd ei dealltwriaeth yn araf.

'Dylet ti fod wedi gweud … Allet ti fod wedi gweud wrtha i …' Clywodd y cloc tad-cu yn curo, a'i guriad yn mwytho ei dolur. Glynai ei gwallt gwlyb at ei hwyneb a theimlodd yn ffŵl. Doedd dim modd iddi dorri. Doedd hi ddim yn gyfan i ddechrau.

'Fe wedes i bopeth wrthot ti … dylet ti fod wedi gweud bod 'da ti wraig … a'i bod hi fel … hyn!' Cododd yntau ei ysgwyddau'n araf a syllu'n fud i'w llygaid. Ei lygaid brown, cynnes yn hiraeth i gyd. Cymerodd hithau gam oddi wrtho ac ysgwyd ei phen eto mewn anghrediniaeth. Sylwodd am y tro cyntaf ar y rhychau o gylch ei lygaid, a dilynodd y llais yn y pellter. Llais araf, mecanyddol. Heb emosiwn na theimlad. Llais ei wraig.

'Tell … her …' meddai'r llais o'r gadair olwyn, 'to … come … in. I knew … you'd come … I knew. They … always do … in … the end!' Aeth am y car a chloi'r drws ar ei hôl. Safodd yntau a'i slipers am ei draed a'r glaw yn araf ddisgyn, yn ddyn dieithr, diwerth. Yn dad dolur.

Dydd Gwener

Ma'n nhw'n dweud mai wrth wella mae'r tywyllwch ar ei fwyaf peryglus. Mae pymtheg mlynedd ers iddo fe fynd. Na, marw. Marw na'th e. Ddim mynd. Boddi.

Pe bydden i wedi rhoi diwedd ar fy hunan 'nôl yn y dechre, fydde neb wedi synnu bryd hynny. Ond ddim fel 'na mae pobol yn gwneud, ife?

Y peth gwaethaf am dŷ gwag yw sŵn gwacter. Sŵn gwag. Popeth yn ddieithr a phob dim yn perthyn i rywun arall. Arogl waliau. Fydden i ddim wedi gallu dod i ben â hi ar fy mhen fy hunan. Y gwir yw hwnna. Fydden i ddim wedi a dyna pam.

Dechre 'to ar ben fy hunan gyda hi? Na, fydden i ddim ddigon cryf i wneud 'ny ... dim fi ... Paco'r car ... tynnu'r llestri mas o'r seld a'u hwpo nhw mewn cwpwrdd dieithr ... carto atgofion mas mewn bocs a gadael yr ardd, y coed. Fi blannodd rheina. Dim ond welydd fydde 'da fi wedyn ... hen welydd heb hanes ... heb luniau. Stafelloedd heb gyrtens a neb ond ni'n dwy i'w llanw nhw ...

Pwy fynd â phethe Ifan bach o'i ystafell e? Pwy fynd â'r teganau bach mas o'i gatre fe? Fan 'na ar ffrâm drws rŵm ffrynt oedd ei daldra fe'n tyfu ... pwy fynd a gadael hwnnw ar ôl wnaethen i? Gwerthu'r ffarm i gael fy siâr mas ... a gweld pobol ddieithr yn cerdded y caeau.

Beth odw i wedi'i neud i'n hunan, gwedwch ... beth odw i wedi'i neud?

Mae'r tywyllwch ar ei waethaf wrth i fi wella. Pan o'n i'n feddw fydde cwmni 'da fi.

Fe arhoses i er mwyn Morgan. Doedd neb arall fy angen i gymaint â Morgan.

Manon wedodd flynydde 'nôl na alle hi ddim gadael Neurin. Alle hi ddim gadael achos mai dim ond 'nôl oedd 'da ddi i fynd ... Mae tywyllwch yn hen gwmni gwael, yn'd yw e? Cwmni sy'n tynnu rhywun 'nôl o hyd.

Ti yw pob dim i fi …

Clywodd bic-yp ei dad yn cyrraedd yr un pryd â'r ceiliog. Safodd Rhys fel postyn ffensio yng nghanol y gegin fach. Roedd y papurau cyfreithiwr ar y ford yn barod, a wyneb Rhys fel y diawl ei hun.

''Na beth od!' poerodd.

'Jiw, ti gatre, wyt ti? Lle ddiawl o't ti, gwed? Atebest ti ddim dy ffôn, 'de?' Cerddodd Morgan yn hapus, a leino llawr y gegin yn sibrwd dan draed ei sgidie waco.

'Od iawn, yn'd yw e?' ysgyrnygodd Rhys.

'Beth sy mla'n 'da ti? Be sy'n bod nawr 'to?' meddai Morgan wrth dynnu ei got a'i hongian ar ben y cotiau eraill ar y pegs ger y drws.

'Rhain fan hyn,' meddai, gan gyfeirio at y dogfennau ar y ford. Gwelodd Morgan beth oedd gwreiddyn y gynnen. 'Chi'n meddwl bo fi'n dwp, glei,' meddai Rhys â chasineb yn ei lygaid. Ceisiodd Morgan droi'r stori fel cath mewn padell.

'Beth ti mla'n ambiti 'to? Han yn hospital, achan. Croten fach. 'Bach yn gynnar ond seis go lew arni. Llond pen o wallt. Han fel y boi, 'bach o rough time, a ma'n nhw'n cadw hi mewn am heddi, mas fory nawr falle. Well i ti fynd i'w gweld hi. Fe holodd sawl gwaith ble o't ti!' dywedodd, gan geisio tynnu sylw oddi ar y papurau ar y ford.

Suddodd Rhys i'w sedd yn llawn surni wrth glywed y 'croten fach'. Rhythodd Morgan ar y dogfennau a thynnu ei sgidiau gorau a'i gap. Gosododd hwy'n daclus fel esgidiau dyn dieithr yng nghanol yr esgidiau gwaith. Ochneidiodd fel pe na bai'n siŵr sut oedd siarad am deimladau. Carthodd ei wddf,

'Dechre pethe, ife. Pob plentyn yn moyn ei fam yn diwedd, yn'd yw e?' Methodd edrych ar Rhys. Roedd llygaid hwnnw'n gymysgwch o'r mellt a'r taranau fu ynddynt pan oedd yn blentyn. Bu distawrwydd am sbel. Yna saethodd geiriau Rhys:

'Gwedwch, Dad! Gwedwch wrtha i pam bo chi wedi ffili!' Safodd a'i ên yn galed a'i lygaid yn her. Carthodd Morgan ei wddf eto a meddwl cyn mentro dweud, 'Gad hi nawr, ife, was!' Pwyllodd cerddediad y cloc. Roedd casineb a dicter y blynyddoedd yn dal i dician yn dawel yn y ddau. Roedd yn haws i bawb eu mygu fel arfer.

'Na na, pam bo chi wedi ffili? Allech chi fod wedi neud yn b'rion. Dyn da fel chi … Halen y ffacin ddaear, achan!' Aeth Morgan am y llaethdy i esgus gwneud te.

'Cer i dy wely, Rhys bach!' sibrydodd o dan ei anadl, a siarad ag e fel pe bai o hyd yn fachgen pymtheg oed. Gwylltiodd Rhys.

Wrth iddo gychwyn am y llaethdy taranodd Rhys ar ei draed. Gwaeddodd, 'Fi gath y bai 'da Mam. Fi! Dim ond plentyn o'n i. 'Sech chi wedi, bryd 'ny, falle fydde Mam …' Nodiodd Morgan ei ben yn bwyllog. Cytuno oedd e mewn gwirionedd, ond nid felly y gwelai Rhys bethau. Cododd ei fys pwyntio a phlamo hwnnw i ysgwydd ei dad. Poerodd y geiriau yn stacato sur drwy ei ddannedd.

'A chi'n disgwyl i fi fagu plentyn rhywun arall pan o'ch chi wedi ffili.'

Dilynodd Morgan y bys gyda'i lygaid tawel. Trodd

oddi wrtho a mynd am y llaethdy eto. Cydiodd Rhys yn siwmper ei dad a'i droi i'w wynebu. Disgynnodd y geiniog yn boenus araf a gofynnodd.

'Bydde fe'n neud yffach o sens i ni i gyd, yn bydde fe? Hen foi cyfoethog a merch ifanc sy'n desbret am arian, rhy dlawd i fagu ei phlentyn ei hunan … Finne'n ffacin dwp … priodi'r hwren a chithe fan hyn o flaen 'y nhrwyn i yn shelffo gered.'

'Beth wyt ti'n siarad ambiti, achan? Ti'n rong nawr. Ti'n rong!'

'Rong? Na … fi'n reit, yn ydw i … 'sdim rhyfedd eich bod chi mor barod i achub ei chroen hi … mor barod i weud wrtha i i beidio twtsh â hi. Mynd am wâcs bach 'da'ch gilydd rownd abówt! Pwy fusnes yw e i chi am ei mab hi? E? Beth ddiawl y'ch chi'n elwa?' Anwybyddodd Morgan ef ac ysgwyd ei ben moel. Pwysodd uwch ben y sinc a theimlo ei geg yn sychu.

'Gwedwch wrtha i, Dad! Pwy yn gwmws yw tad y babi 'na yn hosbital? E? Chi neu fi?' Synnodd Rhys wrth deimlo dwrn ei dad yn glanio yng nghanol ei drwyn. Synnodd gymaint nes iddo yntau ei ddyrnu yn ôl heb feddwl ddwywaith, a'r ergyd i'w drwyn wedi llacio pob rheswm. Ni feddyliodd erioed ddyrnu ei dad. Doedd y peth ddim yn iawn. Gwyddai hynny. Ond roedd amddiffyn ei hun wedi bod yn ail natur iddo ers pan oedd yn blentyn, boed elyn neu deulu.

Safodd Morgan yn sigledig. Chododd e mo'i ddwrn at Rhys erioed tan heddiw. Jobyn Rosa oedd hynny. Gwyddai'n iawn nad oedd lles ynddo. Anadlodd yn drwm a'i lais yn gryg, a masg y blynyddoedd wedi rhaflo i gyd.

'Bydd di ddistaw am unwaith!' meddai Morgan.

'Na!' Crynodd ei lais yntau. 'Mas ag e. Dewch i ni ga'l gwbod y stori gyfan … digon hawdd i fi fod yn ddyn drwg o hyd a chithe fel rhyw arwr bach … Beth y'ch chi'n mynd i neud? E? Rhoi'r ffacin ffarm i'r hwren a'r bastard bach?' Gosododd Morgan ei ben yn ei ddwylo a chrio. Crio tawel. Crio fel na fedrodd ei wneud erioed. Sobrodd Rhys. Ysgydwodd ei ben mewn anghrediniaeth. Doedd tadau ddim i fod i lefen. Dim byth. Cloi teimladau. Claddu'r cwbwl lot. Cadw fynd fel pe bai pob dim yn iawn. Dyna ddylai tad ei wneud. Nid plygu ei ben fel dyn oedd wedi danto. Hen ddyn bach pen moel. Hen ddyn bach gwan. Hen ddyn wedi torri a gwynt a glaw'r blynyddoedd wedi llosgi ei fochau.

Pwysodd Rhys ar ford y gegin a thynnu ei ên i'w frest. Dweud ei feddwl wnaeth Morgan am unwaith. Llais bach-bach. Dyn bach-bach.

'Cymer y ffacin ffarm. Cer â hi, symo hi werth dim i fi … Cer â hi … beth iws i fi yw hi …' Llanwodd llygaid Rhys â sêr. 'Ti … yw pob dim i fi.'

Gadawodd y gegin cyn i'w dad weld ei ddagrau'n disgyn.

Dydd Sul

Beth sydd arnat ti, bach … dere i fi gael gweld … o, draenen, draenen fach … paid ti becso nawr, fe dynnith Mami fe mas o dy law fach di … gronda, iste di fan 'na ac fe eith Mami i nôl nodwydd … na, paid ti llefen … fydd Mami ddim clip yn ei thynnu hi mas … ti'n fachgen mowr … bachgen mowr Mami yn'd wyt ti'r un bach … mami'n caru ti, ti'n gwbod … nawr 'te, dere i fi ga'l gweld … glasys arno gynta, aros di'n llonydd nawr. Dim symud ac fe gei di bici 'da Mami … Sioclet bici, ife … sioclet bici bach i babi Mam. 'Na ti … gwd boi … 'drych, 'drych … popeth drosto bop bop … 'co fe nawr … hwnna oedd y drwg, yndyfe? 'Co hi … draenen fach ddu … draenen fach ddu, ddrwg … 'co hi mas. Ych yw honna, ti'n reit. Golchi hi lawr y wash-up.

Babi newydd Mam yn llefen …'drych nawr, babi Mam yn llefen. Dere i weud helô wrth dy frawd bach … na … Na … NA! … gad i Mami weld beth sy'n poeni baba … cer di i chwarae nawr … off â ti, fydd Mami ddim yn hir yn rhoi dwcs i baba …

EPILOG

O'r fan lle safai'r gigfran ar y postyn teleffon, gallai weld un oen bach gwannach na'r lleill. Roedd hwn yn crynu'n wargam ar ganol y cae. Doedd ei fam ddim yn edrych. Dy'n nhw byth yn, meddyliodd. Ddim drwy'r amser. Cylchdrôdd ei wddf pluog fel rhedwr yn twymo cyn ras. Fe gaf fi hwn nawr, crawciodd. Doedd dim byd gwell na thamaid o gig cynnes ben bore. Trodd ei lygaid duon yn eu hunfan. Brefa di! Brefa di! Trueni bod ei fola'n wag.

'Dere mla'n, y bapa.' Daeth y llais fel pwyth. 'Sych dy drwyn dy hunan, dim jobyn i fi yw sychu dy smwt di.'

O'r bwlch ger y gât gwelodd ddau fachgen.

'Fi'n o'r ...'

'Wel stopa gwyno a dere 'de.'

Un tua chwech a'r llall yn dair, meddyliodd. Gwasgodd y lleiaf o'r ddau ei ddwylo difenyg yn ôl i boced ei got Parka. Safai ei sbectol fach fel dwy bedol dwt am ei drwyn. Doedd dim rhyfedd ei fod mor lletchwith hebddynt. Os oedd rhaid dal bys mewn drws, byddai hwn yn siŵr o wneud. Deuddeg cam o'i flaen safai'r hynaf o'r ddau, yn cario bwced cêc hanner gwag. Ei gyfrifoldeb e oedd bwydo'r defaid yn y cae dan tŷ. Swydd bwysig i unrhyw ffarmwr hanner seis. Swydd y bu'n paratoi ar ei chyfer ers tair blynedd. Doedd cael brawd bach cwynfanllyd yn llusgo ar ei ôl ddim yn rhan o'r fargen.

'Fi wedi blino. Fi wedi blino cerdded ... fi moyn hop ... fi moyn llaw!'

'Dere, y bapa, alla i ddim â dy gario di o hyd, ma bwced

'da fi. C'mon, babi swc, ba-abi swci, ba-bi swci! Dere!' Yn fwriadol, meddyliodd yr hynaf, disgynnodd y pen-ôl bach yn daten yng nghanol y pwdel. Dechreuodd wben y glaw. Glynai ei sbectol fach i'w drwyn wrth i'w sŵn gynyddu.

'Cwyd lan … cwyd ne' fydda i'n mynd hebddot ti.' Cerddodd yr hanner dyn yn ôl am y clos gan adael yr un bach i fygynad ar ei ôl.

'Hyyyys … Hyyys … Hŷs.'

'Rhys yw e, dim Hŷs, twpsyn. 'Drych, ti'n slowo fi lawr. Ma gwaith 'da fi. Dim tendo rhyw fapa fel ti o hyd … Cer 'nôl at Mam. 'Sneb yn lico ti.'

Gwelodd y ddau eu tad ym mhen pella'r clos a phenderfynodd y talaf ddangos 'bach o ymdrech rhag ofn iddo golli'i swydd anrhydeddus o gario bwcedaid o gêc i'r defaid.

'O! dere mla'n 'de … dere glou, arhosa i i ti … 'co, dere … Paid llefen, wyt ti'n moyn Polo? 'Drych, 'drych, gei di ddwy ond i ti gau dy geg cyn daw Dad draw 'ma!'

Dychwelodd y gigfran i lygadrythu ar ei hysglyfaeth barod. Doedd neb o gwmpas. Beth oedd yr ots? Welith neb fi, meddyliodd. Disgynnodd yn gartrefol ar y borfa brin a neidio'n garcus am yr oen bach. 'Gwd boi! Nawr aros di fan 'na i fi gael golwg ar dy lygaid bach di. Paid becso, weli di ddim!'

Cafodd y lleia afael mewn pêl. Y brawd mawr pia hi. Y gwynt wedi ei chario i ganol y düwch … Y bêl yng nghanol y budreddi … ymestyn … ymestyn … bron bod 'da ti. 'Na ti … cer amdani … draw … mla'n, mla'n … a mae hi 'da ti. Bron … Pêl fach goch … pêl y brawd mawr … Ond mae e'n disgyn, y lleia … i ganol yr afon ddu … Hŷs- Hŷs-Hŷs, mae'n galw … y pryder yng nghanhwyllau ei lygaid ... Crafangu'n ofer am y lan ... crafangu a chrafu am ddyrned o gysur i'w ddala rhag y dyfnder diwaelod ... Wedyn disgyn ... Disgyn mewn ymhell odano a lawr ... lawr, lawr ... codi eto ... blaen ei drwyn e'n prancio 'nôl dros y düwch. Llef. Crochlef a chodi eilwaith, deirgwaith, dros y tonnau tew.

Mae ei got fach e'n drwm amdano. Cot felen a choch. Yn gynnes wlyb. Mae'n rhy drwm i'r bychan ... ei freichiau'n blino ymladd a'i geg fach yn llanw, llanw ... mae'n cicio unwaith, ddwywaith, deirgwaith, yn ofer ...

Mae'n derbyn y darfod ...

Gorwedd mae e nawr a'i eiliad olaf yn syllu'n ofer ar fy llygaid dall, fy nghlustiau byddar a 'nheg fud i. Fi, Frân, fan hyn ...

*

Gwelaf hithau hefyd ... mae'n aeaf eto, sawl gaeaf wedi cripian heibio erbyn hyn, ac mae stamp yr oerfel ar ei bochau. Chwap wedi te yw hi ac mae'n dechrau cerdded. Cerdded heb got a hithau'n bwrw glaw. Mae hi ar dân i gyrraedd yr afon. Mae hi'n oer. Cerdded. Lawr ger y clawdd. Caeau gwyrdd yn ddi-liw. Ysgall ac eithin. Draenen wen a draenen ddu, twmpathau gwahaddod ... Dŵr yn yr afon a cherrig yn slic. Yr afon yn ddu a'i gwely yn oer. Mae'r byd heb golur. Cyfarth ci o'r clos a neb i'w glywed.

Boddi. Anadlu dŵr a hwnnw'n llosgi yn ei gwddf. Poeri dolur ... a dianc.